實境式

照單全收
片　字　部　錄

圖解日語單字 不用背！

AllMP3.zip

▶ **全書MP3一次下載**

iOS系統請升級至iOS 13後再行下載，此為大型
檔案，建議使用WIFI連線下載，以免佔用流量，
並確認連線狀況，以利下載順暢。

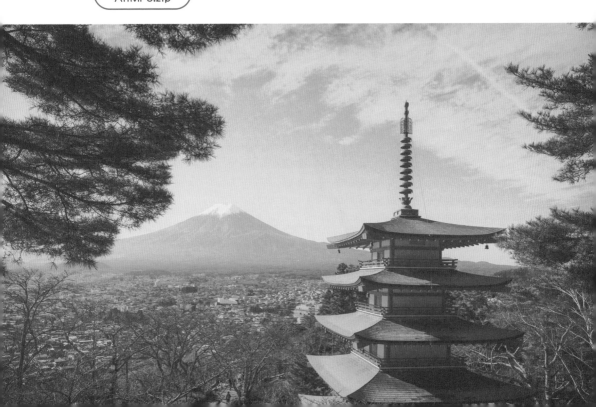

Contents
目錄

PART 1 居家

Chapter 1 家庭 10
01 ◆ 戀愛 12
02 ◆ 外表 13
03 ◆ 個性 15

Chapter 2 客廳 18
01 ◆ 和室 20
02 ◆ 和室的禮儀 21

Chapter 3 廚房 24
01 ◆ 烹飪 30
02 ◆ 烘培 33

Chapter 4 臥室 36
01 ◆ 換衣服 39
02 ◆ 化妝 42
03 ◆ 睡覺 44

Chapter 5 浴廁 46
01 ◆ 洗澡 48
02 ◆ 廁所 51

PART 2 交通機構

Chapter 1 鐵路車站 54
01 ◆ 車票 56
02 ◆ 搭車 58
03 ◆ 新幹線 62

Chapter 2 公車站 64
01 ◆ 公車亭 66
02 ◆ 上公車 68

Chapter 3 機場 72
01 ◆ 登機報到 74
02 ◆ 入境 78

Chapter 4 道路 80
01 ◆ 走路 81
02 ◆ 汽車 83
03 ◆ 機車和自行車 85

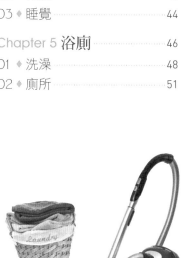

PART 3 學校

Chapter 1 **學校** 88
01 ♦ 上學 90
02 ♦ 福利社和學校餐廳 93

Chapter 2 **教室** 96
01 ♦ 上課 98

Chapter 3 **保健室** 104
01 ♦ 治療 106
02 ♦ 症狀 108

Chapter 4 **大學校園** 110
01 ♦ 社團 111
02 ♦ 大學生活 113
03 ♦ 研究所 115

PART 4 工作場所

Chapter 1 **辦公室** 118
01 ♦ 電話 120
02 ♦ 電子郵件 123
03 ♦ 處理文書 125

Chapter 2 **會議室** 128
01 ♦ 開會 130
02 ♦ 接待客戶 133

Chapter 3 **郵局** 134
01 ♦ 郵寄 136

Chapter 4 **銀行** 140
01 ♦ 銀行帳戶 142
02 ♦ 提款機 146

PART 5 購物

Chapter 1 **便利商店** 150
01 ♦ 商品 152
02 ♦ 結帳 154

Chapter 2 **超市** 156
01 ♦ 食材 158
02 ♦ 生活用品 170

Chapter 3 **魚市場** 172
01 ♦ 海鮮 175

Chapter 4 **商店街** 178
01 ♦ 逛商店街 179
02 ♦ 活動 182
03 ♦ 電子商店街 183

PART 6 飲食

Chapter 1 日式餐廳 ⋯⋯⋯⋯ 186
01 ◆ 壽司 ⋯⋯⋯⋯⋯⋯⋯⋯⋯ 187
02 ◆ 拉麵 ⋯⋯⋯⋯⋯⋯⋯⋯⋯ 189
03 ◆ 蓋飯 ⋯⋯⋯⋯⋯⋯⋯⋯⋯ 190

Chapter 2 居酒屋 ⋯⋯⋯⋯⋯ 192
01 ◆ 喝酒 ⋯⋯⋯⋯⋯⋯⋯⋯⋯ 193
02 ◆ 路邊攤 ⋯⋯⋯⋯⋯⋯⋯⋯ 195

Chapter 3 中西式餐廳 ⋯⋯⋯ 198
01 ◆ 點餐 ⋯⋯⋯⋯⋯⋯⋯⋯⋯ 201
02 ◆ 用餐 ⋯⋯⋯⋯⋯⋯⋯⋯⋯ 204

Chapter 4 咖啡廳 ⋯⋯⋯⋯⋯ 206
01 ◆ 咖啡 ⋯⋯⋯⋯⋯⋯⋯⋯⋯ 207
02 ◆ 麵包 ⋯⋯⋯⋯⋯⋯⋯⋯⋯ 221

PART 7 生活保健

Chapter 1 醫院 ⋯⋯⋯⋯⋯⋯ 214
01 ◆ 健康檢查 ⋯⋯⋯⋯⋯⋯⋯ 216
02 ◆ 手術 ⋯⋯⋯⋯⋯⋯⋯⋯⋯ 218

Chapter 2 診所 ⋯⋯⋯⋯⋯⋯ 220
01 ◆ 看診 ⋯⋯⋯⋯⋯⋯⋯⋯⋯ 221
02 ◆ 症狀 ⋯⋯⋯⋯⋯⋯⋯⋯⋯ 222
03 ◆ 護士 ⋯⋯⋯⋯⋯⋯⋯⋯⋯ 226

Chapter 3 獸醫院 ⋯⋯⋯⋯⋯ 230
01 ◆ 檢查 ⋯⋯⋯⋯⋯⋯⋯⋯⋯ 232
02 ◆ 治療 ⋯⋯⋯⋯⋯⋯⋯⋯⋯ 234

Chapter 4 牙科 ⋯⋯⋯⋯⋯⋯ 236
01 ◆ 檢查 ⋯⋯⋯⋯⋯⋯⋯⋯⋯ 238
02 ◆ 治療 ⋯⋯⋯⋯⋯⋯⋯⋯⋯ 240

PART 8 休閒娛樂

Chapter 1 博物館 ⋯⋯⋯⋯⋯ 244
01 ◆ 參觀 ⋯⋯⋯⋯⋯⋯⋯⋯⋯ 245
02 ◆ 展示品 ⋯⋯⋯⋯⋯⋯⋯⋯ 247

Chapter 2 花店 ⋯⋯⋯⋯⋯⋯ 250
01 ◆ 花 ⋯⋯⋯⋯⋯⋯⋯⋯⋯⋯ 252
02 ◆ 花語 ⋯⋯⋯⋯⋯⋯⋯⋯⋯ 254

Chapter 3 遊樂場 ⋯⋯⋯⋯⋯ 256
01 ◆ 主題樂園 ⋯⋯⋯⋯⋯⋯⋯ 257
02 ◆ 吉祥物 ⋯⋯⋯⋯⋯⋯⋯⋯ 260

Chapter 4 電影院 ⋯⋯⋯⋯⋯ 262
01 ◆ 電影院 ⋯⋯⋯⋯⋯⋯⋯⋯ 264
02 ◆ 小吃 ⋯⋯⋯⋯⋯⋯⋯⋯⋯ 265
03 ◆ 電影 ⋯⋯⋯⋯⋯⋯⋯⋯⋯ 267

PART 9 體育活動和競賽

Chapter 1 棒球場 …… 270
01 ♦ 球隊和選手 …… 271
02 ♦ 球賽 …… 273

Chapter 2 籃球場 …… 276
01 ♦ 選手與裁判 …… 277
02 ♦ 比賽 …… 280

Chapter 3 馬拉松 …… 282
01 ♦ 馬拉松的裝備 …… 284
02 ♦ 馬拉松大賽 …… 286

Chapter 4 游泳池 …… 288
01 ♦ 泳具 …… 289
02 ♦ 游泳 …… 292

Chapter 5 足球場 …… 294
01 ♦ 球員 …… 295
02 ♦ 比賽 …… 297
03 ♦ 裁判和規則 …… 299

PART 10 日本的文化

Chapter 1 結婚典禮 …… 302
01 ♦ 日本的婚禮 …… 303
02 ♦ 喜宴 …… 308

Chapter 2 神社 …… 310
01 ♦ 參拜神社 …… 311
02 ♦ 祭典 …… 314
03 ♦ 煙火大會 …… 316

Chapter 3 城堡 …… 318
01 ♦ 城堡 …… 319
02 ♦ 日本名城 …… 322

Chapter 4 日本傳統藝能 …… 324
01 ♦ 能劇 …… 325
02 ♦ 歌舞伎 …… 327
03 ♦ 文樂 …… 329

Chapter 5 溫泉 …… 332
01 ♦ 溫泉設施 …… 333
02 ♦ 泡溫泉 …… 336

Chapter 6 大相撲 …… 338
01 ♦ 相撲比賽 …… 339

Chapter 7 次文化 …… 344
01 ♦ 動畫、漫畫、遊戲 …… 345
02 ♦ 女僕咖啡廳 …… 348

十大主題下分不同地
點與情境,一次囊括
生活中的各個面向!

日籍人士親錄單字MP3,
道地發音,用手機掃描 QR
碼馬上能聽。

實景圖搭配清楚標
號,生活中隨處可
見的人事時地物,
輕鬆開口說!

所有單字貼心加註注音
假名和重音標示,一
看就能輕鬆唸!

••• Chapter2

居間 客廳

客廳擺飾

1 ソファ 1 n. 沙發
2 テーブル 0 n. 桌子
5 椅子 0 n. 椅子
4 サイドテーブル 03 n. 茶几

3 棚 1 n. 置物架
6 壁飾り 1 n. 牆上的裝飾品
7 テレビ 1 n. 電視
8 カーペット 13 n. 地毯

18

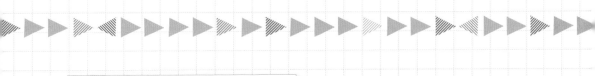

你知道嗎？ ◀◀▶▶▶ ▶▶▶▶ ▶▶ ◀▶◀▶

在和室時的適宜舉止

坐座墊時的動作順序
1. 在座墊旁離門最近的那一邊正坐下來。
2. 兩手微握，放在座墊上。
3. 保持正坐姿勢，以兩手支撐，移動身體到座墊上。
4. 保持姿勢，移動身體到座墊中央。
5. 併攏雙膝，抬頭貼胸，兩手重疊放在大腿之上。

離開座墊站立時的順序：
1. 將全身往後挪。
2. 「つま先（腳尖）」從座墊移開至塌塌米上。
3. 立起腳尖，臀部放在腳跟上。
4. 以仍在座墊上的膝蓋支撐身體起立。

請客人喝茶及「お菓子（茶點）」的方式
1. 從客人的左側端出茶點。
2. 從客人的右側端上放在「茶托（茶碟）」上的茶。

22

豐富的日本文化與生活小常識，讓你在去當地之前就能先有一些概念。

除了單字片語，還補充日本人常用的日語慣用語，了解由來才能真正活用！

* Tips *

慣用語小常識：外表篇

人は見かけによらぬもの
「人不可貌相」
這句俗語意指不該按照一個人的外貌來判斷他的內在。看起來囂張的人可能其實很有才華，長相醜陋的人也能有一顆善良美麗的心。

例 ホームレスにしか見えない彼だけど東京にビルを持っている。人は見かけによらぬものという語の典型的な例だ。
他雖然怎麼看都是流浪漢卻在東京握有大樓，可說是人不可貌相這個慣用語的典型範例。

Part01-1-5

03 性格 個性

一般有哪些種類的個性呢？

優しい ② ⑩ 和藹、善良、溫柔
意地悪 ③ ② ⑩ 壞心眼
穏やか ② ⑩ 溫和
凶悪 ⓪ ⑩ 兇惡
利口 ⓪ ② ⑩ 靈巧
聞き分けの良い ⑩ 聽話

15

★本書中用到的標記

標記	意義說明
v.	動詞
n.	名詞
adj.	形容詞
prep.	介系詞
ph.	片語　※ 部分片語無重音標示

★「アクセント表記（重音標記）」用以表示該單字在發音時會從第幾個音之後開始改發低音。

重音標記	說明
0	只有第 1 個音為低音，其他發高音。
1	第 1 個音為高音，其他發低音。
2	第 2 個音為高音，其他發低音。
3	第 2、3 個音為高音，其他發低音。
4	第 2、3、4 個音為高音，其他發低音。
5	第 2、3、4、5 個音為高音，其他發低音。
X	第 2、3、4、5〜X 個音為高音，其他發低音。

★注意！

日本的「アクセント表記（重音標記）」有高達八種的標記方式，其中使用數字的方法就有三種。本書使用的方式稱為「数字式 A」，在台灣是較常見的標記方式，也是日本最有名的字典『日本国語大辞典』採用的方法，基本上使用日語辭典時，看到是用數字標示重音的話大多會是這種方式。此外，有些單字可能會有多種發音方式，此時就會出現有複數的標記的狀況。

Part 1
いえ
家 居家

家族 家庭
（か ぞく）

Part01-1-1

這些該怎麼說？

家庭關係

1 父[0]・お父さん[0] n. 爸爸
（ちち）（とう）

2 母[1]・お母さん[0] n. 媽媽
（はは）（かあ）

3 祖母[1]・お婆さん[2] n. 祖母
（そぼ）（ばあ）

4 祖父[1]・お爺さん[2] n. 祖父
（そふ）（じい）

5 子供[0] n. 孩子
（こども）

家族成員的稱呼

1 夫婦（ふうふ）① n. 夫妻

2 両親（りょうしん）① n. 雙親

3 孫（まご）① n. 孫子

4 息子（むすこ）① n. 兒子

5 娘（むすめ）① n. 女兒

6 兄弟（きょうだい）① n. 兄弟姐妹

7 兄（あに）① ・ お兄さん（にい）② n. 哥哥

8 姉（あね）① ・ お姉さん（ねえ）② n. 姊姊

9 弟（おとうと）④ n. 弟弟

10 妹（いもうと）④ n. 妹妹

11 婿（むこ）① n. 女婿

12 嫁（よめ）① n. 媳婦

13 実子（じっし）① n. 親生子

14 養子（ようし）① n. 養子

15 一人っ子（ひとり こ）③ n. 獨生子

16 長男（ちょうなん）①③ n. 長男

17 長女（ちょうじょ）① n. 長女

18 義父（ぎふ）① ・ 養父（ようふ）①
まま父（ちち）① ・ 継父（けいふ）① n. 繼父

19 義母（ぎぼ）① ・ 養母（ようぼ）①
まま母（はは）① ・ 継母（ままはは）① n. 繼母

20 私生児（しせいじ）② n.（不被父親承認的）
私生子

21 庶子（しょし）① n.（父親承認的）私生子

⋯⋯ 01 恋愛 戀愛
れんあい

◀ 戀愛相關的日語有哪些呢？

1. 独身 [0]・シングル [1] n. 單身
   どくしん
2. 恋をする ph. 談戀愛
   こい
3. 付き合う [3] v. 交往
   つ あ
4. 別れる [3] v. 分手
   わか
5. 彼氏 [0][1] n. 男朋友
   かれし
6. 彼女 [1] n. 女朋友
   かのじょ

7. 恋人 [0] n. 情人
   こいびと
8. 内縁関係 [7] n. 無名有實的夫妻關係
   ないえんかんけい
9. 同棲 [0] n. 同居
   どうせい

◆ Tips ◆

慣用語小常識：戀愛篇

彼氏？彼ピ？彼ピッピ？？
かれし　かれ　　かれ

指男朋友的「彼氏」常常被簡略成「彼」，
　　　　　　かれし　　　　　　　　　　　　かれ

日本的年輕女性現在也流行把男朋友稱為

「彼ピ」，超過朋友但並未交往的男性稱為
　かれ

「彼ピッピ」，單純喜歡的對象稱為「好きピ」。
　かれ　　　　　　　　　　　　　　　　　　す

例 あの人は彼ピじゃなくて彼ピッピ。まだ付き合ってないし。
　　　ひと　かれ　　　　　　　かれ　　　　　　　　つ　あ

那個人不是我的男朋友喔，又還沒開始交往。

Part01-1-4

••• 02 外見 外表
がいけん

形容外表的日語

きれい ① adj. 漂亮
醜い ③ adj. 醜陋
みにく

美しい ④ adj. 美麗
うつく
ハンサム ① adj. 帥

可愛い ③ adj. 可愛
かわい
愛しい ③ adj.
いと
可愛、令人憐愛

年を取った adj. 老
とし と
若い ② adj. 年輕
わか

低い ② adj. 矮
ひく
高い ② adj. 高
たか

痩せた ⓪ adj. 瘦
や
太い ② adj. 胖
ふと

丈夫 ⓪ adj. 強壯
じょうぶ
マッチョ ① adj. 健美

ほっそり ⓪ ・
華奢 ⓪ adj. 苗條
きゃしゃ

黒い ② adj. 黝黑
くろ
白い ② adj. 白晰
しろ

パーマ ① n. 捲髮
ストレート ① n. 直髮

ひとえ
一重まぶた
n. 單眼皮

にじゅう
二重まぶた
n. 雙眼皮

ひく はな
低い鼻 n. 扁鼻子

たか はな
高い鼻 n. 高鼻子

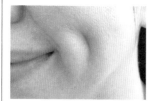

えくぼ ① n. 酒窩

はげ
禿 ① adj. 禿頭

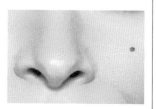

ほくろ ⓪③・あざ ② n. 痣

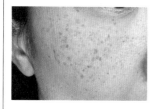

そばかす ③ n. 雀斑

しわ
皺 ⓪ n. 皺紋

ひげ
髭 ⓪ n. 鬍子

Part01-1-5

◆Tips◆

慣用語小常識：外表篇

人は見かけによらぬもの
「人不可貌相」

這句俗語意指不該按照一個人的外貌來判斷他的內在，看起來蠢笨的人可能其實很有才華，長相醜陋的人也能有一顆善良美麗的心。

例 ホームレスにしか見えない彼だけど東京にビルを持っている。人は見かけによらぬものという諺の典型的な例だ。

他雖然怎麼看都是流浪漢卻在東京握有大樓，可說是人不可貌相這個慣用語的典型範例。

03 性格 個性（せいかく）

一般有哪些種類的個性呢？

優しい（やさ） ② adj. 和藹、善良、溫柔
意地悪（いじわる） ③ ② adj. 壞心眼
穏やか（おだ） ② adj. 溫和
凶悪（きょうあく） ⓪ adj. 兇惡
利口（りこう） ⓪ ② adj. 乖巧
聞き分けの良い（き わ い） adj. 聽話

15

聞き分けのない adj. 不聽話
<ruby>聞<rt>き</rt></ruby>き<ruby>分<rt>わ</rt></ruby>けのない

腕白 [0][1] adj. 活潑、調皮
<ruby>腕白<rt>わんぱく</rt></ruby>

内向的 [0] adj. 向
<ruby>内向的<rt>ないこうてき</rt></ruby>

外向的 [0] adj. 外向
<ruby>外向的<rt>がいこうてき</rt></ruby>

賢い [3] adj. 聰明
<ruby>賢<rt>かしこ</rt></ruby>い

馬鹿 [1] adj. 愚笨
<ruby>馬鹿<rt>ばか</rt></ruby>

温厚 [0] adj. 隨和、溫厚
<ruby>温厚<rt>おんこう</rt></ruby>

厳しい [2][3] adj. 嚴格
<ruby>厳<rt>きび</rt></ruby>しい

真面目 [3] adj. 認真
<ruby>真面目<rt>まじめ</rt></ruby>

不真面目 [2] adj. 不認真、隨便
<ruby>不真面目<rt>ふまじめ</rt></ruby>

だらしない [4] adj. 懶惰、邋遢

粘りが強い adj. 有耐心
<ruby>粘<rt>ねば</rt></ruby>りが<ruby>強<rt>つよ</rt></ruby>い

気が短い adj. 暴躁、沒耐心
<ruby>気<rt>き</rt></ruby>が<ruby>短<rt>みじか</rt></ruby>い

辛抱強い adj. 吃苦耐勞
<ruby>辛抱強<rt>しんぼうづよ</rt></ruby>い

細心 [0] adj. 細心
<ruby>細心<rt>さいしん</rt></ruby>

うかつ [0] adj. 粗心

器用 [1] adj. 靈巧、巧妙
<ruby>器用<rt>きよう</rt></ruby>

不器用 [2] adj. 笨手笨腳
<ruby>不器用<rt>ぶきよう</rt></ruby>

倹約 [0] adj. 節儉
<ruby>倹約<rt>けんやく</rt></ruby>

贅沢 [3][4] adj. 奢侈
<ruby>贅沢<rt>ぜいたく</rt></ruby>

気前_{きまえ}がいい adj. 大方

けち ⓪① adj. 小氣

自分勝手_{じぶんかって} ④・利己的_{りこてき} ⓪ adj. 自私

欲張り_{よくば} ③④ adj. 貪心

誇示_{こじ}する・見_みせびらかす ⑤

adj. 誇耀、愛現

謙遜的_{けんそんてき} adj. 謙虛

傲慢_{ごうまん} ⓪① adj. 傲慢

フレンドリー ② adj. 友善

情熱的_{じょうねつてき} ⓪ adj. 熱情

冷_{つめ}たい ⓪③ adj. 冷淡

親孝行_{おやこうこう} ③ adj. 孝順

親不孝_{おやふこう} ③④ adj. 不孝

勇敢_{ゆうかん} ⓪ adj. 勇敢

臆病_{おくびょう} ③ adj. 膽小

強_{つよ}い ② adj. 堅強

弱_{よわ}い ② adj. 軟弱

正直_{しょうじき} ③④ adj. 正直

偽_{いつわ}り ⓪④ adj. 虛偽

自信_{じしん}がある adj. 有自信

卑下_{ひげ} ① adj. 自卑

居間 客廳
（いま）

這些應該怎麼說？

Part01-2-1

客廳擺飾

1 ソファ ① n. 沙發		**5** 棚 ① n. 置物架 （たな）
2 テーブル ⓪ n. 桌子		**6** 壁飾り ① n. 牆上的裝飾品 （かべかざり）
3 椅子 ⓪ n. 椅子 （いす）		**7** テレビ ① n. 電視
4 サイドテーブル ⓪③ n. 茶几		**8** カーペット ①③ n. 地毯

⑨ 厨房（ちゅうぼう） 0 n. 厨房

⑩ スライディング窓（まど） 2 n. 落地窗

⑪ 床（ゆか） 1 n. 地板

⑫ クッション 1 n. 背墊

⑬ 壁（かべ） 0 n. 牆壁

⑭ テレビ台（だい） 0 1 n. 電視櫃

你知道嗎？ ▶▶▶▶▶▶▶▶▶▶▶▶▶▶

「居間（いま）」和「リビング」不同嗎？

「居間（いま）」和「リビング」翻譯成中文時都會是「客廳」，但其實嚴格來說是不同的房間。「居間（いま）」是一家人平時待的地方，可以在此聊天、玩樂、或是吃飯睡覺，而「リビング」是「リビングルーム」的略稱，除了一樣供家族相處，還有招待客人的用處。但是，由於現代住宅通常狹窄，招待客人用的「客間（きゃくま）（會客室）」常被省略，「居間（いま）」漸漸的也擔起了招待客人的職責，跟「リビング」的差異也幾乎不見了。

♦ Tips ♦

日本文化小常識：上座和下座

座位可以依照招待方安排，但首先要往「下座（しもざ）（下座）」坐。商業接待會預先決定座位，要記得先去了解。

1. 上座（かみざ） 上座：地位較高的人，或是客人座的位置。指離出入口最遠的位子。

2. 下座（しもざ） 下座：最下級的人坐的位置。指離出入口最近的位子。

和室的擺設

①	床の間 [0] n. 壁櫥 とこ ま	⑩	地板 [0] n. 床板 じ いた
②	落し掛け [0] n. 橫木 おと か	⑪	敷居 [0] n. 門檻 しきい
③	下げ束 [02] n. 下束 さ づか	⑫	長押 [03] n. 橫梁 なげし
④	床脇 [0] n. 壁櫥旁邊 とこわき	⑬	障子 [0] n. 日式拉門 しょうじ
⑤	地袋 [2] n. 小壁櫥 じぶくろ	⑭	行灯 [0] n. 方形紙罩座燈 あんどん
⑥	天袋 [01] n. 頂櫃 てんぶくろ	⑮	畳 [0] n. 榻榻米 たたみ
⑦	床柱 [30] n. 壁龕立柱 とこばしら	⑯	ちゃぶ台 [0] n. 矮飯桌 だい
⑧	小壁 [1] n. 小壁 こかべ	⑰	座布団 [2] n. 座墊 ざ ぶ とん
⑨	竿縁 [0] n. 衍、梁 さおぶち		

你知道嗎？ ▶▶▶▶▶▶▶▶▶▶▶▶▶▶

和室的慣用語

有很多慣用語裡的情境只會在和式的建築裡發生：

- ちゃぶ台返し（打翻飯桌）：插手已經準備好，或是正順利的進行中的事物，迫使其回到起點。
- 敷居を跨たぐ（跨過門檻）：進入或拜訪某人的家，或是從某人的家裡出來。
- 敷居が高い（門檻很高）：指對某人做了些忘恩負義或是丟臉的事，導致感覺很難鼓起勇氣去他家的狀況。
- 壁に耳あり障子に目あり（隔牆有耳）：意指秘密容易洩漏，所以要好好注意。

▸▸▸ 02 和室でのマナー 和室的禮儀

在和室裡正座是最基本的姿勢

進入和室

進入和室時首先以正面面對「襖（日式拉門）」脫鞋，進入和室之後再把脫下的鞋子的方向調整好。入室時最好先坐下再開門。調整鞋子方向或關門的時候先以斜面面對門，跪坐下來後再進行動作。

注意①：在和室內走動時要注意不要踩到門檻或「ヘり（榻榻米的邊緣）」，這樣尤其容易傷到榻榻米。

注意②：背對訪問的對象是沒禮貌的舉止，所以關門的時候要以斜面面對門。

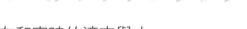

在和室時的適宜舉止

坐座墊時的動作順序

1. 在座墊旁離門最近的那一邊正坐下來。

2. 兩手微握，放在座墊上。

3. 保持正坐姿勢，以兩手支撐，移動身體到座墊上。

4. 保持姿勢，移動身體到座墊中央。

5. 併攏雙膝，抬頭挺胸，兩手重疊放在大腿之上。

離開座墊站立時的順序：

1. 將全身往後挪。

2. 「つま先（腳尖）」從座墊移開至塌塌米上。

3. 立起腳尖，臀部放在腳跟上。

4. 以仍在座墊上的膝蓋支撐身體起立。

請客人喝茶及「お茶菓子（茶點）」的方式

1. 從客人的左側端出茶點。

2. 從客人的右側端上放在「茶托（茶碟）」上的茶。

喝茶的順序

1. 左手握住「**湯吞み茶碗**（喝茶用的茶碗）」。
2. 用右手稍微打開茶蓋，在不離開茶碗邊緣的狀態下將蓋子 90 度轉動。
3. 將附在茶蓋上的水珠滴回茶碗裡。
4. 將茶蓋取下，內側朝上，左手扶著茶蓋，將其放置到茶碗右方。
5. 喝完茶後，將茶蓋蓋回茶碗上。

泡茶的順序

1. 在「**茶碗**（茶碗）」和「**急須**（小茶壺）」之內倒入熱水加溫。
2. 「**湯冷まし**（湯冷壺）」內倒入熱水，等待其降至適當溫度。
3. 將茶碗和小茶壺內的熱水倒到「**湯こぼし**（水罐）」中。
4. 小茶壺內放入茶葉，倒入湯冷壺內的水。
5. 適當時間倒入一點至茶碗，觀察茶水顏色。
6. 茶的顏色出來了，便將茶全部安靜地倒入茶碗。

キッチン・台所 廚房

_{だい どころ}

Part01-3-1

這些應該怎麼說？

廚房擺設

①	冷蔵庫 ^{れいぞうこ} 3 n. 冰箱		⑥	食器棚 ^{しょっきだな} 0 2 n. 碗櫥；食品櫥櫃
②	レンジフード 4 n. 抽油煙機		⑦	電子レンジ ^{でんし} 4 n. 微波爐
③	ガスコンロ 3 n. 電爐或瓦斯爐		⑧	オーブン 0 n. 烤箱
④	流し台 ^{なが だい} 0 n. 流理台		⑨	中華鍋 ^{ちゅうかなべ} 0 n. 平底鍋
⑤	シンク 1 n. 水槽		⑩	蛇口 ^{じゃぐち} 0 n. 水龍頭

⑪ 調味料 ちょうみりょう ② n. 佐料　　　　**⑮ グラス** ⓪ n. 玻璃杯

⑫ マグカップ ③ n. 馬克杯

你知道嗎？

一樣都是用來調味的東西，但「シーズニング」和「スパイス」有什麼不同呢？

「シーズニング」是指各類「調味料」的總稱，凡是鹽、糖、醬油、香料…等各種的能讓菜餚更加美味的佐料，都統稱為「シーズニング」；「スパイス」是單指「香料」，像是薰衣草、肉桂、咖哩粉、薄荷…等任何單一種調味的香料，都稱為「スパイス」。

例 スパイスをたくさん使う料理の代表はカレーだ。

大量使用香料的料理的代表例是咖哩。

常用的廚房電器

Part01-3-2

ミキサー ①

n. 果汁機；攪拌器

フード・
プロセッサー ④

n. 食物調理機

トースター ①

n. 烤麵包機

パン焼き器 3 ・ホー
ムベーカリー 4
n. 製麺包機

ジューサー 1
n. 果菜榨汁研磨機

食器洗浄器 5
n. 洗碗機

コーヒーメーカー 5
n. 咖啡機

炊飯器 3
n. 電鍋

IH 調理器 6
n. 電磁爐

廚房常見的工具

Part01-3-3

エプロン 1
n. 圍裙

アルミホイル 4
n. 鋁箔紙

包丁 0
n. 菜刀

やかん ⓪

n. 熱水壺

フライパン ⓪

n. 平底（煎）鍋

フライ返し ④

n. 鍋鏟、煎鏟

しゃもじ ①

n. 飯杓

まな板 ⓪③

n. 砧板

栓抜き ③④
ボトルオープナー ①

n. 開瓶器

缶切り ③①

n. 開罐器

コルク栓抜き ④

n. 軟木塞開瓶器

皮むき器 ⓪③

n. 削皮刀

キッチンタオル ⑤

n.（擦碗盤用的）抹布

鍋 ①

n. 鍋子

水切り籠 ⑤

n. 碗架

オーブングローブ ⑤
n. 隔熱手套

なべ
鍋つかみ ⓪③
n. 隔熱墊

ラップ ①
n. 保鮮膜

Part01-3-4

中式和西式用餐時，你分別會用到哪些餐具呢？

1. フォーク ① n. 叉子
2. ナイフ ① n. 刀子
3. カップ ① n. 杯子
4. ワイングラス ④ n. 紅酒杯
5. 皿 ⓪ n. 盤子
   <small>さら</small>
6. 大皿 ③ n. 大淺盤
   <small>おおざら</small>
7. 椀 ⓪ n. 碗
   <small>わん</small>
8. スプーン ② n. 湯匙
9. 箸 ① n. 筷子
   <small>はし</small>
10. 箸置き ⓪ n. 筷架
    <small>はしお</small>
11. 受け皿 ②⓪・ソーサー ① n. 醬碟
    <small>う ざら</small>
12. ナプキン ① n. 餐巾

生活小常識：筷子篇

同樣是筷子，隨著國家文化不同筷子也有變化。

日本的筷子多是木製，和其他國家比起來較短，尖端也特別的尖，遽聞是因為日本人常吃魚類等海產，需要能夠夾住魚骨頭的尖細餐具，才會發展成這種形狀。

中國的筷子有木製和竹製，由於中國人習慣一家人圍著一桌子的菜吃飯，為了夾遠處的菜方便，筷子也發展成特別的長，尖端較細但不會像日式筷子般的尖。

台灣的筷子也是屬於中式，但又更加的長。

韓國的筷子為金屬製，且形狀扁平，不論是材質還是形狀的原因都是眾說紛紜，較有力的說法是由於古時傳聞銀碰上砒霜等毒藥會變色，韓國上流貴族流行使用銀製筷子避免毒殺，而形成一種尊貴的象徵。而扁平形狀則是為了避免滑動，還能直接用來切開韓國人常吃的大塊「**キムチ**（泡菜）」。

◆ Chapter3
廚房

29

在廚房會做什麼呢？

01 料理 烹飪
りょうり

Part01-3-5

各種烹飪的方式，你會用日文說嗎？

焼く 0
や
v. 烤

茹でる 2
ゆ
v. 煮沸

とろ火で煮る 5
び　　に
v. 燉

炒める 3
いた
v. 炒

揚げる 0
あ
v. 油炸

切る 1
き
v. 切；剁

煎じる 3
せん
v. 煎

（電子レンジで）
でんし
加熱する 0
かねつ
v. 微波加熱

ひっくり返す 5
かえ
v. 翻面

かき混ぜる 4 0
v. 攪

皮を剥く
ph. 削皮

（卵を）割る 0
v. 打（蛋）

Part01-3-6

廚房用的調味料有些呢？

塩 0
n. 鹽

砂糖 2
n. 糖

胡椒 2
n. 胡椒

唐辛子 3
n. 辣椒

うまみ調味料 4
n. 味精

料理酒 4
n. 料理用酒

食用油 5
n. 油

醤油 0
n. 醬油

オリーブオイル 5
n. 橄欖油

酢 1
n. 醋

みりん 0
n. 味醂

蜂蜜 0
n. 蜂蜜

しょうが 0
n. 生薑；薑

にんにく 0
n. 大蒜

ねぎ 1
n. 蔥

フィッシュソース 5
n. 魚露

你知道嗎？ ◀▶▶▶▶ ▶▶▶ ▶▶▶ ▶▶▷

日本的「味噌汁（味噌湯）」

「味噌汁」是和食中數一數二有名的料理，比起其他同樣有名的「寿司（壽司）」、「刺身（生魚片）」、「トンカツ（炸豬排）」，「味噌汁」更普遍且頻繁地出現在日本各地的家庭之中，常被日本人稱為是「おふくろの味（媽媽的味道）」。

也正由於其普遍性，每個家庭的味道都不太一樣。「味噌汁」通常先水煮「昆布（海帶）」來做為湯底，然後放入「味噌（味噌）」，最後放下的佐料可說是千變萬化，但大多是「アサリ（蛤仔）」「鮭（鮭魚）」等海鮮，或「芋（芋頭）」「ネギ（蔥）」一類的蔬菜。在台灣最常看到的味噌湯佐料是「豆腐（豆腐）」和「ネギ」。

各種的切法，日文怎麼說？

刻む ⓪・切る ① さいの目に刻む 薄切りにする すりおろす ⓪④

v. 切細、剁碎 　ph. 切成丁、切塊 　ph. 切片 　v. 摩碎

•••⓪2 お菓子、パン作り 烘焙

烘培用的各種道具

ふるい ⓪ 　小麦粉 ⓪③ 　ベーキングパウダー ⑥ 　牛乳 ⓪

n. 篩網 　n. 麵粉 　n. 發粉 　n. 牛奶

レシピ ① 　食材 ⓪ 　秤 ⓪③ 　型 ②・流し型 ④

n. 食譜 　n. 原料 　n. 磅秤 　n. 烤模

カップケーキ型 [7]

n. 烘烤用的紙碟

ベーキングシート [6]

n. 烤盤紙

ベーキングトレー [6]

n. 烤盤

泡立て器 [5]

n. 打蛋器

エッグスライサー [4]

n. 切蛋器

ペーストリーセット [7]

n. 擠花袋

ミキシングボウル [6]

n. 攪拌皿

ミキサー [1]

n. 攪拌器

ケーキクーラー [4]

n. 糕點冷卻架

アイスクリームスクープ [8]

n. 冰淇淋挖勺

木製スプーン [5]

n. 木勺

計量カップ [5]

n. 量杯

計量スプーン [5]

n. 量匙

麺棒 [1]

n. 桿麵棍

漏斗 [1]

n. 漏斗

刷毛 [2]

n. 刷子

34

りょうりおんどけい
料理温度計 4

n. 料理溫度計

せいろ
蒸篭 0 3

n. 蒸籠

ようき
容器 1

n. 容器

♦ **Tips** ♦

一樣叫做「鬆餅」，「ワッフル」和「パンケーキ」卻完全不同！

「ワッフル」這種鬆餅上面會有一格一格像蜂巢一樣的格子狀，通常是用「ワッフルメーカー（鬆餅烤模）」或「ワッフルアイロン（鬆餅機）」製作而成的，吃起來外酥內軟，有時上方還會搭配「ホイップクリーム（生奶油）」或「アイスクリーム（冰淇淋）」一起享用更美味。

例 田中さんは、イチゴとホイップクリームがトッピングされたワッフルを食べるのが好きです。

田中小姐喜歡吃上面加了許多草莓和生奶油的鬆餅。

「パンケーキ」外觀完全不同於「ワッフル」，「パンケーキ」一字的「パン」是「平底鍋」的意思，顧名思義「パンケーキ」本身就是用平底鍋烘烤製成的，因此，它並沒有任何華麗的外形或紋路，只是單純的扁平圓形狀，吃起來口感裡外鬆軟，如果再淋上「ハチミツ（蜂蜜）」更別有一番風味。

例 彼女は、小麦粉、牛乳、卵、そしてベーキングパウダーを使って、美味しいパンケーキを作った。

她用麵粉、牛奶、蛋和泡打粉做了些美味的鬆餅。

寝室 臥室
しん しつ

臥室擺設

1 ヘッドボード ④ n. 床頭板

2 ベッドサイドキャビネット ⑦ n.
床邊櫃

3 ベッドサイドランプ ⑦ n. 床頭燈

4 ベッドフレーム ④ n. 床架；床框

5 枕 ① n. 枕頭
まくら

6 羽布団 ② n. 棉被
はねぶとん

7 マットレス ① n. 床墊

⑧ 絨毯 ⬚1⬚ n. 地毯

⑨ 洋服箪笥 ⬚5⬚ n. 衣櫥；衣櫃

⑩ 本棚 ⬚1⬚ n. 書櫃

⑪ 鏡 ⬚3⬚ n. 鏡子

⑫ 化粧台 ⬚0⬚ n. 化妝台

⑬ ヴァニティチェア ⬚5⬚ n. 化妝椅

⑭ 香水 ⬚0⬚ n. 香水

⑮ 化粧品 ⬚0⬚ n. 化妝品

◆ Tips ◆

生活小常識：寢具篇

以下常見的寢具，日文怎麼說？有什麼不同呢？

床的尺寸可分成「二段ベッド」、「シングルベッド」、「ダブルベッド」、「クイーンサイズベッド」、「キングサイズベッド」等五種。

「二段ベッド」是指「有上、下舖的雙層床」，上舖床稱為「上段」，下舖床則叫做「下段」；「シングルベッド」是指「單人床」，有時一間房間會擺放兩張單人床，這兩張單人床合稱為「ツインベッド」，「ツイン」的意思就是「雙；二個；雙胞」，但並不是指雙人床，而是兩張一樣尺寸的單人床，通常最適合擺放在小孩房或客房裡。「ダブルベッド」是指一張可供兩人一起躺的「一般雙人床」，又可稱為「フルサイズベッド」；「クイーンサイズベッド」稱為「大床；皇后床」，它的尺寸比「ダブルベッド」大一些，可躺兩個大人，但又比「キングサイズベッド」還要小一些。

例 彼女は 7 歳の双子のために、二段ベッドを購入した。

她幫她 7 歲的雙胞胎買了一張雙層床。

日式的寢室沒有床？

日本傳統的寢室是沒有我們習慣睡的「ベッド（床）」的，去日本旅遊時其實常常可以住到有這種房間的旅館。

和風的寢室會在地上鋪滿「畳（榻榻米）」，然後在其上面鋪上兩層「布団（棉被）」和一個「枕（枕頭）」。上面一層用來蓋在身上的棉被稱為「掛け布団（被子）」，下面一層用來睡在上面的棉被稱為「敷き布団（褥子）」，雖然不會像彈簧床一樣軟綿綿，但睡起來是意外的舒服，睡習慣彈簧床的人也可以嘗試看看。

例「ふとんがふっとんだ」は有名な駄洒落。

「棉被飛了」是有名的玩笑話。

♦ Tips ♦

慣用語小常識：睡覺篇

果報は寝て待て

「好報要睡著等」？

「果報」是一種佛教用語，指的是「報應」，但通常用來指好的報應。「寝て待て」就是睡著等，兩句合起來就是告訴你好報要睡著等，意指謀事在人，成事在天，所以不要焦慮，冷靜地等待結果。

例 果報は寝て待てって言うし、焦らずに試験の結果を待ってなさい。

俗話也說好報要邊睡邊等，別那麼急著等考試結果。

●●● 01 着替え　換衣服
きか

Part01-4-2

各類衣服的樣式、配件日文分別要怎麼說呢？

1. スーツ ①n.（一套）西裝
2. ジャケット ②①n. 西裝外套
3. スラックス ②n. 西裝褲
4. ワイシャツ ⓪n. 襯衫
5. 革靴 ⓪n. 皮鞋
   かわぐつ
6. コート ①n. 大衣
7. ネクタイ ①n. 領帶
8. ネクタイピン ③n. 領帶夾
9. オックスフォードシューズ
   ⓪n. 牛津鞋
10. アタッシュバッグ ⑥n. 公事包

11. ブラウス ②n. 女用襯衫
12. ガウン ①n. 長禮服
13. スパゲッティ・ストラップ
    ・ドレス ⓪n. 細肩帶洋裝
14. リトル・ブラック・ドレス
    ⓪n. 黑色小洋裝
15. ストレートレッグスラック
    ス ⓪n. 直筒褲
16. ストッキング ②n. 長襪

17. （口金(くちがね)つきの）財布(さいふ)[0]・がま口(ぐち)[0] n. 女用錢包

18. 帽子(ぼうし)[0] n.（有邊的）帽子

19. イヤリング[1] n. 耳環

20. ブレスレット[2] n. 手環

21. ハイヒール[3] n. 高跟鞋

22. シャツ[1] n. 襯衫

23. ジャケット[2][1] n. 外套

24. ポロシャツ[0] n. polo 衫

25. キャップ[1]・帽子(ぼうし)[0] n. 運動帽；鴨嘴帽

26. ジーンズ[1]・ジーパン[0] n. 牛仔褲

27. ショートパンツ[4]・短(たん)パン n. 短褲

28. ボクサーパンツ[5] n. 男用四角褲

29. キーホルダー[3]・キーチェーン[0] n. 鑰匙圈

30. サングラス[3] n. 太陽眼鏡；墨鏡

31. ラップドレス[4] n. V 領前蓋式洋裝

32. タンクトップ[4] n. 無袖背心上衣

33. T シャツ[0] n. T 恤

34. スキニーパンツ[5] n. 煙管褲

35. ペンシルスカート[5] n. 鉛筆裙（女用套裝正式的裙子）

36. クロップドパンツ[6]・ショートパンツ[4] n. 七、八分褲

37. ハイヒール[3] n. 高跟鞋

38. ハンドバッグ 4 n. 手提包

39. ベルト 0 n. 皮帯

40. フラード・スカーフ・マフラー 0 n. 領巾；絲巾

41. セーター 1 n. 毛衣
42. ビーニー帽 5 n. 毛線帽
43. スカーフ 2 n. 圍巾
44. ブーツ 1 n. 靴子
45. 靴下 2 4 n. 襪子
46. ベスト 1 n. 背心
47. ヘアークリップ 4 n. 髮夾

48. ダウンジャケット 4
   n. 羽絨外套
49. 手袋 2・グローブ 2 n. 手套
50. ミトン 1 n. 連指手套
51. パンツ 1・ズボン 2 1
   n. 褲子
52. トレーニングパンツ 7
   n. 運動褲
53. パーカー 0 n. 連帽 T 恤
54. スニーカー 2 n. 運動鞋

••• 02 化粧 化妝
けしょう

◤ 常用的化妝用品，日文要怎麼說呢？ ◢

1. ファンデーション ③ n. 粉底
2. アイシャドー ③ n. 眼影
3. アイシャドー ブラシ ⑦ n. 眼影刷
4. マスカラ ⓪ n. 睫毛膏
5. まゆ墨 ② n. 眉筆
   ずみ
6. アイブロウブラシ ⑥ n. 眉刷
7. 頬紅 ⓪③ n. 腮紅
   ほおべに
8. 頬紅用のはけ ⓪ n. 腮紅刷
   ほおべによう
9. パウダーブラシ ⑤ n. 蜜粉刷
10. パウダーパフ ⑤・化粧用パフ
    けしょうよう
    ⑥ n. 粉撲
11. リップスティック ⑤・口紅 ⓪ n.
    くちべに
    口紅

12. リキッドアイライナー ④ n.
    眼線液
13. ペンシルシャープナー ⑤ n.
    削鉛筆器
14. リップグロス ④ n. 唇蜜
15. リップライナー ③ n. 唇筆
16. ルースパウダー ④ n. 蜜粉
17. マニキュア液 ⑤ n. 指甲油
    えき
18. アイラッシュカーラー・ビ
    ューラー ⓪ n. 睫毛夾

常用的保養品，日文要怎麼說呢？

1. ローション ① ・化粧水（けしょうすい）② n. 化妝水；潤膚露

2. クレンジング ② n. 卸妝油

3. ベース ① n. 隔離霜

4. 日焼け止めクリーム（ひやどめクリーム）⑥ n. 防曬乳液

5. デイクリーム ③ n. 日霜

6. ナイトクリーム ⑤ n. 晚霜

7. モイスチャークリーム ⑥ ・保湿剤（ほしつざい）⓪ n. 保濕霜

8. 美容液（びようえき）⓪ n. 精華液

9. 美白化粧水（びはくけしょうすい）④ n. 美白乳液

10. アイクリーム ③ n. 眼霜

11. アイジェル ③ n. 眼膠

12. パック ① n. 面膜

13. アイマスク ③ n. 眼膜

14. ボディーローション ⑤ n. 身體乳液

15. ハンドクリーム ⑤ n. 護手霜

03 寝る 睡覺
ね

Part01-4-5

各種有關「睡覺」的片語有哪些呢?

1. 寝つく ②v. 去睡覺
   ね

2. 眠り込む ④v. 睡著
   ねむ こ

3. 子守唄 ③n. 搖籃曲
   こもりうた

4. うとうとする ①v. 昏昏欲睡

5. 熟睡する ⓪v. 沉睡
   じゅくすい

6. うたた寝 ⓪n. 小睡;打盹
   ね

7. 寝だめをする ph. 補眠
   ね

8. 寝坊する ⓪v. 睡過頭
   ねぼう

9. 眠りに落ちる ph. 不知不覺睡著了
   ねむ お

10. 昼寝をする ph. 午睡
    ひるね

11. 二度寝する ⓪v. 睡回籠覺
    に ど ね

12. 完全に目が覚める ph. 完全清醒
    かんぜん め さ

13. 寝返りを打つ ph. 翻身
    ね がえ

14. 夜更かし ③②n. 熬夜
    よ ふ

15. 早起き ②③n. 早起
    はや お

16. 不眠症 ⓪n. 失眠患者
    ふみんしょう

常見的睡姿，日文要怎麼說呢？

うつ伏せで寝る
ph. 趴睡

仰向けで寝る
ph. 仰睡

横向きで寝る
ph. 側睡

卧室 ◆ Chapter4

有關「夢」的片語有哪些呢？

1. 夢見すぎ ph. 你作夢（不可能的事）

2. 空想 ⓪・白昼夢 ③ n. 白日夢

3. 悪夢を見る ph. 做惡夢

4. 夢を見る ph. 渴望；夢想

5. 夢が実現する ph. 美夢成真

6. おやすみ ph. 晚安

例 悪夢を見たから、寝れなかった。

昨晚做了惡夢，失眠了。

例 億万長者になるなんて夢に思ったこともない。

我從不奢望成為一位億萬富翁。

浴室とトイレ 浴廁
よく しっ

Part01-5-1

這些應該怎麼說？

浴室擺飾

1. **タイル** 1 n. 瓷磚
2. **風呂** 1 2 n. 浴缸
   ふ ろ
3. **給湯器のリモコン** ph. 熱水器的遙控器
   きゅうとうき
4. **鏡** 3 n. 鏡子
   かがみ
5. **シャワージェル** 4 n. 沐浴乳

6. **シャンプー** 1 n. 洗髮乳
7. **換気扇** 0 3 n. 抽風扇
   かん き せん
8. **シャワーヘッド** 0 5 n. 蓮蓬頭
9. **タオルラック** 4 n. 毛巾架
10. **窓** 1 n. 窗戶
    まど

你知道嗎？

生活小常識：廁所篇

由於日本慣行衛浴分離，「バスルーム（浴室）」不會用來指廁所，但實際上的「バスルーム」之內還是可能附有馬桶，尤其是較狹窄的旅館房間。台灣常見的「風呂（浴缸）」、「洗面台（洗臉台）」、「便器（馬桶）」三者兼備的浴室在日本稱為「ユニットバス（整體浴室）」。由於這個名詞原意是指一種特殊的施工方式，嚴格來說這是一種錯誤的講法，但已經在日本普及了數十年之久，可以當作一種俗語來用。

日語中專門用來指廁所的詞中有三種最為常見：直接的「便所」給人較為粗俗的感覺，外來語的「トイレ」算是最基本的講法，而想要講得比較有教養的話可以說「お手洗い」，「手洗い」就是洗手，源自於上完廁所後洗手的習慣。

例 トイレをご使用の後、流すのを忘れないでください。

用完廁所，請記得要沖馬桶。

◆ Tips ◆

慣用語小常識：上廁所篇

花摘み ・ キジ撃ち

「摘花」？「獵雉？」

要跟別人說你想去上廁所時，一般場合說「お手洗い」就足夠禮貌，但如果想講得更加隱悔，女性可說「お花摘み（摘花）」，男性可說「キジ撃ち（獵綠雉）」，兩種講法都是將上廁所時的動作比喻成另一種看起來類似的動作。

例 ちょっと、お花を摘みに行ってきます。

我去上個廁所。

01 お風呂に入る 洗澡
ふ ろ　　　　はい

Part01-5-2

常見的衛浴設備及用品有哪些？

バスタオル 3

n. 浴巾

ドライヤー 0 2

n. 吹風機

体 重 計 0
たい じゅう けい

n. 體重計

浴室用マット 3
よくしつよう

n. 浴室止滑墊

洗濯カゴ 5
せんたく

n. 洗衣籃

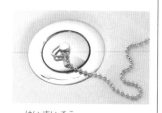

排水口カバー 7
はいすいこう

n. 排水口水塞

シャワーカーテン

4 n. 浴簾

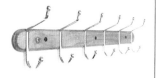

ソープディスペンサ
ー

4 n. 給皂機

ハンガー 1

n. 掛勾

常見的盥洗用品

1. 石鹸（せっけん）◯ n. 肥皂
2. シャンプー ① n. 洗髮精
3. シャワーボール ②④ n. 沐浴球
4. ボディーローション ④ n. 身體乳液
5. 手ぬぐい（て）◯・浴室リネン（よくしつ）⑤ n. 洗臉用的小方巾

6. シャワーキャップ ④ n. 浴帽
7. 浴用ブラシ（よくよう）⑤ n. 沐浴刷
8. 浴用スポンジ（よくよう）n. 海綿
9. タオル ① n. 毛巾
10. ハンドジェル ④ n. 洗手乳
11. 歯磨き粉（はみがこ）⑤ n. 牙膏
12. 歯磨き用コップ（はみがよう）n. 漱口杯
13. 櫛（くし）② n. 扁梳
14. 綿棒（めんぼう）① n. 棉花棒
15. コットンボール ◯④ n. 棉花球

◆ Chapter6 浴廁

49

16. スクラブクリーム ⑤ n.（身體、臉部）

去角質

17. ヘアマスク ③ n. 護髮乳

18. ヘアコンディショナー ⑤ n. 潤髮乳

19. 洗顔クレンザー ⑤ n. 洗面乳
せんがん

20. シェービングフォーム ⑥ n. 刮鬍泡

21. カミソリ ③④ n. 刮鬍刀

22. 歯ブラシ ② n. 牙刷
は

23. 糸ようじ ③ n. 牙線
いと

24. 洗口液 n. 漱口水
せんこうえき

♦ **Tips** ♦

「洗澡」的日文有哪些說法呢？

洗澡有兩種：「シャワーを浴びる」和「風呂に
入る」；兩者的差別從字面上就可以分辨得出
來。前者片語裡的「シャワー」是指「淋浴」，
所以「シャワーを浴びる」就是「淋浴」的意思；
後者片語裡的「風呂」是指「浴缸」，所以
「風呂に入る」就是「泡澡」的意思。日本人
通常習慣泡澡，部分家庭還會一家人共用一缸熱水，因此有些浴缸還會附上
保溫功能。

📖 彼は、長時間 働いた後、熱い風呂に入りたいと思っている。
かれ ちょうじかんはたら あと あつ ふろ はい おも

工作一整天後，他想泡個熱水澡。

••• 02 トイレ 廁所

常見的廁所設備及用品有哪些？

便器 ① べんき
n. 馬桶

男性用便器 ⑦ だんせいようべんき
n. 小便斗

ハンドドライヤー
④ n. 烘手機

ウォッシュレット
① n. 電動馬桶

トイレットペーパー
⑥ n. 衛生紙

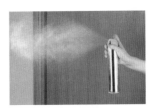

芳香剤 ③ ほうこうざい
n. 芳香劑

♦ Tips ♦

女性的衛生用品及生理期，日語該怎麼說呢？

如果要表達月經來了，最直接的講法是「**生理**せいり」，但這樣講會被視為很沒禮貌，特別是男性最好是避開直言。委婉的講法是「**女**おんな**の子**こ**の日**ひ」，或著可以說「**あの日**ひ」，但這樣講太過委婉，使用時要看場合對方才能聽懂你的意思。月經時所用的衛生用品為「**ナプキン**（衛生棉）」；衛生棉之外，女性常用的「衛生護墊」日語是「**おりものシート**」、「衛生棉條」則是「**タンポン**」。

例 **妻**つま**は妊娠**にんしん**したため、月経**げっけい**が来**こ**なかった。**

我老婆因為懷孕了，月經一直沒來。

◆ Chapter5
浴廁

清潔馬桶的用具，有哪些呢？

トイレブラシ
0 1 n. 馬桶刷

ラバーカップ
0 4 n. 通水管用的吸盤

トイレ用洗浄剤
ようせんじょうざい
4 n. 浴廁清潔劑

◆ Tips ◆

內急時，要怎麼表達呢？

中文會說「上一號」、「上大號」，日語中也有類似說法；「上小號」日語可用「小さい方」來表達，也可以用較口語的說法「おしっこ」或「小便」來表示，但這兩種講法都太過直接，給人感覺較為幼稚，一般只會在家裡使用；「上大號」的日語則是用「大きい方」來表示，另外一個幼稚的講法是「うんこ」，都是指「大便」的意思。但如同台灣，在日本的日常生活中通常不會特地說明自己要大號還是小號，要表達去上廁所只要講「トイレに行く」就足夠；最後，「拉肚子」的日語可講「お腹をこわす」。

例 今晩の夕食後、ずっと腹痛に悩まされている。

今晚吃完晚餐後，我就一直拉肚子。

Part 2
こうつうきかん
交通機関 交通機構

◆◆◆ Chapter1

鉄道駅 鐵路車站
てつ どう えき

這些該怎麼說？

Part02-1-1

車站配置

1 切符売場 3 n. 售票處
きっぷうりば

2 乗客 0 n. 乘客
じょうきゃく

3 ホームドア 4 n. 月台安全閘門

4 プラットホーム 5 n. 月台層

5 階段 0 n. 樓梯
かいだん

6 エレベーター 3 n. 電梯

7 エスカレーター 4 n. 電扶梯

8 広告板 5 n. 廣告牌
こうこくばん

⑨ 防犯カメラ（ぼうはん）⑤ n. 監視攝影機

⑩ 拡声器（かくせいき）③ n. 擴音器

⑪ コンコース ③①n. 大廳層

⑫ レール ④ n. 軌道

⑬ 分別収集ゴミ箱（ぶんべつしゅうしゅう・ばこ）⑩ n. 垃圾桶

⑭ 発車標（はっしゃひょう）② n. 發車狀況顯示螢幕

⑮ 視覚障害者用ブロック（しかくしょうがいしゃよう）⑩ n.
導盲磚

⑯ 待機ライン（たいき）④ n. 候車線

⑰ 列車到着警告灯（れっしゃとうちゃくけいこくとう）⑩ n.
列車到站警示燈

⑱ 手すり（て）③ n. 扶手

Part02-1-2

♦ **Tips** ♦

捷運在日本叫什麼？

捷運其實是台灣獨有的稱呼，翻譯成日語會變成「**捷運**」，但在日本並不會用這個詞稱呼這種交通工具，而是直接稱為「**電車**（でんしゃ 電車）」。日本的「**電車**」以準時為名，也同時以「**ラッシュ時**（繁忙時間）」的「**満員電車**（まんいんでんしゃ 滿員電車）」惡名昭彰。電車

對日本人的生活非常重要，其關聯單字也時常會出現在在日本的生活中，以下是最常見的電車用語。

1. 始電（しでん）⑩ n. 第一班電車
2. 終電（しゅうでん）⑩ n. 最後一班電車
3. 駆け込み乗車（か・こ・じょうしゃ）⑤ n. 衝進車門
4. つり革（かわ）⑩ n. 吊環
5. 遅延（ちえん）⑩ n. 列車遲到
6. 優先席（ゆうせんせき）③ n. 博愛座

在車站裡會做什麼呢？

•••01 チケット 車票

買票時，常見的這些設備日文要怎麼說呢？

1. 駅^{えき}①・ステーション② n. 車站

2. みどりの窓口^{まどぐち}①③ n. 售票處

3. 乗客^{じょうきゃく}⓪ n. 乗客

4. 自動券売機^{じどうけんばいき}④ n. 售票機

5. 切符購入^{きっぷこうにゅう}③ n. 購票

6. 行列^{ぎょうれつ}⓪ n. 排隊

7. 路線図^{ろせんず}⓪ n. 路線圖

你知道嗎？

日本的「切符（車票）」有哪些種類？

日本的電車票種繁多，但大致可分為以下七種：

1. 普通乗車券：一般的車票，可分為「片道乗車券（單程票）」、「往復乗車券（來回票）」等等。

2. 特急券：可以最快速抵達目的地的「特急列車」的票，有分為在來線和新幹線。

3. 急行券：只停部分車站的「急行列車」的票，比「特急列車」慢。

4. グリーン券：高級車廂「グリーン車」的票。

5. 寝台券：附有床位的車廂的票。

6. 指定席券：指定座位的票。

♦ **Tips** ♦

生活小常識：日本車廂分級

日本的車廂分為「グリーン車（綠色車廂）」和「普通車（普通車）」，「グリーン車」相當於一等車廂，而「普通車」相當於二等車廂；「グリーン車」的票價較高，座位空間大，前後距離寬敞。有些電車還備有比「グリーン車」更高級的「グランクラス（崇高級車廂）」或「DX グリーン席（DX 級綠色座位）」，乘客可享有貼心的服務，如：免費的飲品及小吃、無線上網、免費報紙⋯等等；「普通車」座位空間不如「グリーン車」大，前後距離較狹窄，乘客雖享受不到服務，但票價經濟又實惠。

例 私の妹は予算が限られた旅行でも必ずグリーン車を選ぶ。

我的妹妹就算旅行的預算拮据，搭電車還是一定會選綠色車廂。

月台常見的這些設備日文要怎麼說呢？

1. ホーム ① n. 月台

2. 視覚障害者誘導用ブロック
しかくしょうがいしゃゆうどうよう
⑨・点字ブロック ④ n. 導盲磚
てんじ

3. 乗車位置目標 ⑤ n. 上下車位置
じょうしゃいちもくひょう

4. 電車 ⓪① n. 電車
でんしゃ

5. 方向幕 ⓪ n. 路線牌
ほうこうまく

6. 整列乗車 ⑤ n. 排隊上車
せいれつじょうしゃ

7. 車掌用ホームモニター ⑥ n.
しゃしょうよう
列車長専用月台監視器

8. パンタグラフ ④ n. 集電弓

月台會有什麼？

きっぷ
切符 ⓪
n. 車票

フリーきっぷ ④
n. 自由車票

ICカード ⑤
n. IC 卡

えきちょう
駅長 ⓪
n. 站長

えきむいん
駅務員 ⓪
n. 站務員

しゃしょう
車掌 ⓪
n. 列車長

うんてんし
運転士 ③
n. 駕駛員

キオスク ②
n. 便亭

しんしょうしゃたいおうしせつ
身障者対応施設
⑥ n. 無障礙空間

えき
駅ビル ⓪
n. 地鐵上蓋

えきまえひろば
駅前広場 ⑤
n. 站前廣場

エスカレーター
④ n. 電梯

しゃないあんないひょう
車内案内表示
じそうち
装置 ⑧
n. 車廂內電子
路標

こうつうこうこく
交通広告 ⑤
n. 交通廣告

えきめいひょう
駅名標 ⓪
n. 站名牌

ホームドア ④
n. 月台門

生活小常識：女性專用車廂

日本的電車公司為了防止「セクシャルハラスメント（性騷擾）」發生，特別為婦女規劃設置了一個「**女性専用車両**（女性專用車廂）」，僅限女性搭乘。雖沒有強制力，但不管其他車廂再擠，日本男性通常不會有勇氣進入女性專用車廂。男性去日本搭電車時最好也是避開比較好喔。

例 今朝、女性専用車両に男性が入ってきてちょっとした騒ぎになった。

今天早上有男性進入了女性專用車廂，造成一點騷動。

車站內常見的標示與警語：

1. ドアにもたれないよう、お願いいたします。　勿倚靠車門。

2. 扉にご注意ください。　關門時勿強行進出。

3. 体の不自由な方に席をお譲りください。　讓座給需要的人。

4. 車内での飲食はお止めください。　車廂內禁止飲食。

5. 手すりにおつかまりのうえ、黄色い線の内側にお乗りください。　緊握扶手，站穩踏階。

6. 黄色い線の内側までお下がりください。　候車時請勿跨越月台黃線。

7. 列車が参ります。　電車到站了。

8. お降りのお客様をお通し下さい。　請先讓車上旅客下車。

9. お立ちのお客様はお近くのつり革や手すりにお掴まりください。　請緊握拉環或扶手。

10. ホームと列車の間には隙間が空いています。ご注意下さい。　請小心月台間隙。

出站時，常見的這些設備日文要怎麼說呢？

Part02-1-6

1. でぐち
出口 ①n. 出口

2. きっぷうけとりぐち
切符受取口 ③n. 收票口

3. カードセンサー ④n.
車票感應器

4. じどうかいさつき
自動改札機 n. 驗票閘道

5. にしぐち
西口 ②n. 西邊出口

6. ひがしぐち
東口 ②n. 東邊出口

♦ Tips ♦

出口附近提供哪些服務呢？

入站前，可以至「**手荷物預かり所**（行李包裹
托運處）」托運行李再搭車，離站時，再至
「**手荷物受取所**（行李領取處）」領取行李，
或者至「**コインロッカー**（投幣式儲物櫃）」暫
放行李。

例 でんしゃ   にもつ   ばあい   いしつぶつしんせいしょるい   もの とくちょう
電車内で、荷物を失くした場合、遺失物申請書類に失くした物の特徴
きにゅう   いしつぶつ   い
などを記入し、遺失物センターに行ってください。

如果你的行李遺失在車廂上，你可以至失物招領處填寫申請表記下遺失
物的特徵，尋找遺失物。

しんかんせん 新幹線 新幹線

新幹線月台的配置

① しんかんせん
   新幹線 3 n. 新幹線

② ホーム 1 n. 月台

③ しかくしょうがいしゃゆうどうよう
   視覚障害者誘導用ブロック 9
   n. 導盲磚

④ じょうしゃいちもくひょう
   乗車位置目標 5 n. 上下車位置

⑤ はっしゃひょう
   発車標 5 n. 發車狀況顯示螢幕

⑥ レール 0 n. 軌道

⑦ バラスト 0 n. 道碴

⑧ かせん
   架線 0 n. 高架電車線

新幹線相關設備

Part02-1-8

案内看板 5
あんないかんばん

n. 路標

改札口 5
かいさつぐち

n. 驗票口

ノーズ 1

n. 車鼻、車頭

ボディ 1

n. 車廂

パンタグラフ 4

n. 集電弓

グリーン車 2
しゃ

n. 綠色車廂

◆ Tips ◆

生活小常識：新幹線篇

「**電車**（電車）」和「**新幹線**（新幹線）」
でんしゃ　　　　　　　　　　しんかんせん
有甚麼不同？

日本的電車基本等同台灣的捷運，而新幹線
則等同於台灣的高鐵。兩者的行駛速度有很
大差別：電車最快只能到時速 130 公里，而
新幹線最慢也要有時速 200 公里，目前最快

的「**東北新幹線**（東北新幹線）」時速高達 320 公里。
とうほくしんかんせん

新幹線跟電車外表也有很明顯的差異，圖中車輛的長長的「**ノーズ**（車頭）」
便是新幹線車輛的最大特徵，這在台灣的高鐵也能看到。

バス停 公車站
てい

Part02-2-1

這些應該怎麼說？

改札外 車站外
かいさつがい

1. **バスターミナル** ③ n. 公車總站

2. **バス** ① n. 公車

3. **バス専用パーキングエリア** ⑦
せんよう

   n. 公車停放區

4. **バス専用駐車スペース** ⑦ n. 公車停
せんようちゅうしゃ

   車位

5. **バイク専用パーキングエリア**
せんよう

   ⑧ n. 輕重機停放區

6. **バイク駐車場** ④ n. 輕重機停車場
ちゅうしゃじょう

構内・改札内 車站内
こうない・かいさつない

⑦ 待合所 ⓪ n. 等候區
まちあいじょ

⑧ 待合ベンチ ⑤ n. 等候坐椅
まちあい

⑨ 〜を待つ ph. 等待〜
ま

⑩ 出入り口 ③ n. 出入口
でいりぐち

⑪ バス乗り場 案内板 ⓪ n. 公車資訊板
のば あんないばん

Part02-2-2

◀ 公車的種類有哪些？

バス ①

n. 公車

シャトルバス ④

n. 接駁巴士

二階建てバス ⑥
にかいだ

n. 雙層公車

ノンステップバス ⑦

n. 低底盤公車

観光バス ⑤
かんこう

n.. 遊覽車

ランプバス ④

n. 機場接駁車

···01 ─ バス停 公車亭 ─

Part02-2-3

公車亭裡，常見的東西有哪些，日文怎麼說？

1. バス停 ⓪・停留所 ⓪⑤ n. 公車站
2. 標識柱 ⓪ n. （站牌）杆
3. 電光広告 ⓪ n. 電子看板
4. ベンチ ① n. 長椅
5. バス待合所 ③ n. 公車候車亭

6. 照明 ⓪ n. 照明設備
7. 強化ガラス ⑤ n. 安全玻璃
8. 歩道 ⓪ n. 人行道
9. バスレーン ③ n. 公車道
10. ゴミ箱 ③⓪ n. 垃圾桶

11. 路線図 ⬚0⬚ n. 路線圖
ろせんず

12. 路線番号 ⬚4⬚ n. 路線號碼
ろせんばんごう

13. 時刻表 ⬚0⬚ n. 時刻表
じこくひょう

◆ Tips ◆

慣用語小常識：公車篇

バスに乗り遅れる
の おく

「錯過了公車？」

「乗り遅れる」是錯過、或沒搭上的意思，所
の おく
以「バスに乗り遅れる」字面上是指錯過了公
の おく
車，但也可以衍伸為「沒把握到機會」、「跟
不上流行」，這個成語來自於英語的慣用語

「miss the bus」，數十年前日本一家報紙曾以「バスに乗り遅れるな！」作
の おく
為頭條，從此也成為日語的慣用語之一。

常見的用法是否定命令型的「バスに乗り遅れるな」，用以催促他人快去做
の おく
某件事，不然會被孤獨的一個人「取り残される（留下來）」。
と のこ

例 今、タピオカティーが流行ってます！この大ブームのバスに乗り遅れ
いま はや だい の おく
るな！

現在珍珠奶茶正在大流行中！不要錯過這個巴士！

生活小常識：公車票篇

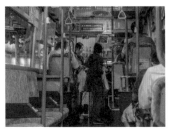

大家應該都知道在台灣搭乘公車時，支付車費的方式主要有兩種：「硬貨を入れる（投幣）」與「乗車時カードをかざす（上車刷卡）」、「降車時カードをかざす（下車刷卡）」，車費也因搭乘距離的遠近，分成「一区間料金（一段票）」及「二区間料金（兩段票）」兩種。

在日本搭乘公車跟在台灣相差無幾，但一部分公車會要求乘客上車時拿取「整理券（整理卷）」，整理卷上面會有一個數字，用來提醒乘客下車時要在車門旁的裝置按下寫有這個數字的按鈕，才能付費下車，在日本搭公車時務必要記住。

例 乗車時に、カードリーダーにイージーカードをかざしてください。
　　上車請在感應器刷（悠遊）卡。

•••02 バスに乗る 上公車

Part02-2-4

公車到站時，會做哪些事呢？

乗車する ⓪
v. 上車

手を振ってバスを止める
ph. 揮手攔車

バスに間に合う
ph. 趕上公車

バスを待つ
ま

ph. 等（公車）

整列乗車 5
せいれつじょうしゃ

n. 排隊（上車）

客を乗せる
きゃく　の

ph.（公車）載乘客

公車內會有什麼人物、設備？

Part02-2-5

（バス）運転手 3
うんてんしゅ

n. 公車司機

着席している乗客
ちゃくせき　　　　じょうきゃく

ph. 坐著的乘客

立っている乗客
た　　　　　　じょうきゃく

ph. 站著的乘客

運転席 5
うんてんせき

n. 駕駛座

フロントシート 5 ・
前方座席 5
ぜんぽうざせき

n. 前座

リアシート 3 ・
後方座席 5
こうほうざせき

n. 後座

（プラスチック製）
吊り革 ⓪
n. （塑膠）拉環

（皮製）吊り革 ⓪
n. （皮帶）拉環

スタンションポール
⑥
n. 手扶桿

優先座席 ⑤・シルバ
ーシート ⑤
n. 博愛座

非常口 ②
n. 緊急逃生窗

消火器 ③
n. 滅火器

坐公車時常用的句子

1. どのバスに乗れば、信義路に到着しますか。　到信義路要搭哪一班車呢？

2. 515号のバスは何分おきに来ますか。　515號公車多久來一班呢？

3. このバスは台北駅に行きますか。　這班公車有到台北車站嗎？

4. 運賃はいくらですか。　車費多少錢呢？

5. 手すりまたはつり革をお持ちください。　請緊握拉環或扶杆。

6. すみませんが、私が降車するバス停が来たら、教えていただけませんか。
   快到站時，可以提醒我嗎？

7. 台北101まで、いくつの停留所がありますか。　到台北101要坐幾站呢？

8. 今はラッシュアワーです。　現在是尖峰時間。

9. すごく混んでいる。　車上好多人。

10. 降車ボタンを押してください。　下車請按鈴。

◀ 下公車時要注意什麼？

 Part02-2-6

いきさきひょうじ
行先表示 5

n. 公車路線牌

しゃないあんないひょうじそうち
車内案内表示装置 8

n. 到站指示燈

しゃない
車内アナウンス 4

n.（到站）廣播系統

ぜんぽう
前方のドア

ph. 前門

こうほう
後方のドア

ph. 後門

こうしゃ
降車ボタン 4

n. 下車鈴

うんちんばこ
運賃箱 5

n. 收費箱

カードリーダー 4

n. 讀卡機

げしゃ
下車する 1

v. 下車

空港 機場
くう こう

這空應該怎麼說？

Part02-3-1

機場配置

1 出発ロビー ⑤ n. 出境大廳
しゅっぱつ

2 チェックインカウンター ⑦ n. 報到
櫃台

3 グランドスタッフ ⑤ n. 地勤人員

4 フライト情報 ⑤ n. 航班資訊
じょうほう

5 荷物用はかり ⑥ n. 行李磅秤
にもつよう

6 荷物用ベルトコンベアー
にもつよう
⑥ n. 行李輸送帶

⑦ 乗客 こ [0] n. 乘客

⑧ 手荷物カート てにもつ [6] n. 行李推車

⑨ 預け荷物 あず にもつ [4] n. 托運行李

⑩ 機内持ち込み手荷物 きないも こ てにもつ [0] n.
隨身行李

⑪ ビルボード、看板 かんばん [6] n. 廣告板

⑫ 時計 とけい [0] n. 時鐘

⑬ 航空会社 こうくうがいしゃ [5] n. 航空公司

◆ Tips ◆

生活小常識：機場航廈篇

機場可分為「国内線（國內機場）」和「国際線（國際機場）」；國際機場因場地大、航班多，通常至少有兩座以上的「空港ターミナル（機場航廈）」，如日本的「成田国際空港（成田國際機場）」就有三座航廈：「第一ターミナル（第一航廈）」、「第二ターミナル（第二航廈）」和「第三ターミナル（第三航廈）」，每座航廈皆分配給不同的航空公司及航線，所以在前往機場前，先確認好登機報到的航廈，以免跑錯航廈延誤了報到時間，萬一跑錯了，機場也為航廈與航廈之間提供了「シャトルサービス（接駁服務）」，乘客可以搭乘「エアポートシャトル（航廈巴士）」及「シャトルバス（接駁車）」穿梭在航廈與航廈之間。

例 このホテルは、空港間の無料バスを運行している。
くうこうかん むりょう うんこう

這家飯店提供免費的機場來回接駁服務。

···**01** チェック 登機報到

報到前，需要準備哪些物品呢？

報到劃位前，需備好「**パスポート**（護照）」、「**チケット**（機票）」、「**ビザ**（簽證）」及所需的「**荷物**（行李）」。

現在大部份的航空公司都是採用電子機票，日文稱「**e-チケット**」或「**チケットレス**」，以環保的概念為前提，不同以往使用「**マニュアル／ペーパーチケット**（紙本機票）」；旅客在向「**旅行代理店**（旅行社）」或「**航空会社**（航空公司）」購票後，會收到一份電子檔案，這份電子檔就是所謂的電子機票，在報到劃位前，旅客需先自行印出，報到劃位時，再一同出示所印出的電子機票、護照及簽證。

例 旅行の前にパスポートの有効期間を確かめてください。

出國前，先確認護照效期。

◀ 報到劃位時，常聽、常用的日文句子：▶

1. チェックインをお願いします。　我要報到劃位。

2. お荷物のご確認はされましたか。　有任何行李需要托運嗎？

3. お荷物はおいくつですか。　您有幾件行李（需要托運）呢？

4. 秤の上にお荷物をお載せいただけますか。　麻煩將您的行李放在磅秤上。

5. お荷物の重量が制限をオーバーしております。　您的行李超重了。

6. 超過分の費用はおいくらですか。　超重的手續費需付多少錢？

7. 窓側の座席をお願いします。　可以給我靠窗的座位嗎？

8. こちらがパスポートと搭乗券でございます。お預かりお荷物のタグがこちらでございます。　這是您的護照和登機證，另外，這是您的行李托運存根。

◀ 航班資訊看板怎麼看？日文怎麼講？

フライトインフォメーション ⑤・表示案内 ⓪ n. 航班資訊
看板
ひょうじあんない

❷ 出発時間 ⑤ n. 起飛時間
しゅっぱつじかん

❸ 目的地 ③④ n. 目的地
もくてきち

❹ 航空会社 ⑤ n. 航空公司
こうくうがいしゃ

❺ 便名 ⓪ n. 班機號碼
びんめい

❻ チェックインカウンター ⑥
n. 報到櫃台

❼ 搭乗ゲート ⑤ n. 登機門
とうじょう

❽ 注意事項 ④・運航状況 ⑤ n.
ちゅういじこう うんこうじょうきょう
備註 / 班機狀況

慣用語小常識：飛行篇

飛ぶ鳥を落とす勢い

「威勢打落飛鳥」？

形容一個人權傾一時，或在某方面非常成功，其勢銳不可擋，連「飛ぶ鳥（天上飛的鳥）」都能「落とす（打下來）」。

雖然看到「把飛鳥打下來」會讓人想像用弓箭或槍械把鳥射下來，但這句成語裡「把飛鳥打下來」其實是代表不可能做到的事，也就是說一個人權勢之大，連不可能的事都做得到了。現在常被用來形容當紅的藝人，或是戰績耀眼的運動選手。

例 松田選手は今年に入ってから連勝続いている、まさに飛ぶ鳥を落とす勢いだ。

松田選手今年開始連戰連勝，可說是勢不可擋。

機上供餐時，常用的日文有哪些？

1. すぐに夕食をお持ちいたします。　我們將在數分鐘後為您提供餐點。
2. 座席を元の位置にお戻しください。　請將您的座椅調正。
3. テーブルをお出しください。　請將您前方的桌子放下。
4. 夕食は、ご飯か麺のどちらがよろしいでしょうか。　您晚餐要吃什麼呢？飯，還是麵？
5. 麺をお願いします。　麻煩給我麵。
6. 夕食は何がありますか。　晚餐有什麼選擇呢？
7. お飲み物は何になさいますか。　您想要喝點什麼嗎？
8. オレンジジュースをお願いします。　麻煩給我杯柳橙汁。

登機證上的資訊有哪些？

_{とうじょうけん}
1. 搭乗券 [0] n. 登機證

_{とうじょうしゃめい}
2. 搭乗者名 [6] n. 乘客姓名

_{はつ}
3. 発 [0][1] prep. 起飛點

_{ちゃく}
4. 着 [1] prep. 飛往～

5. ゲート [0][1] n. 登機門

_{しゅっぱつび}
6. 出発日 [0] n. 起飛日期

_{びんめい}
7. 便名 [2] n. 班機號碼

_{とうじょうじかん}
8. 搭乗時間 [5] n. 登機時間

_{ざせきばんごう}
9. 座席番号 [4] n. 座位編號

♦ **Tips** ♦

機上有哪些服務呢？

「機内サービス（機上服務）」除了「フライトアテン_{きない}
ダント（空服員）」會為您「機内食（提供餐飲）」_{きないしょく}
以外，還提供「デューティーフリー（免稅商品的服
務）」，另外，機上還提供了一些貼心服務，如：「ヘ
ッドフォン（頭戴式耳機）」、「睡眠マスク（眼罩）」、_{すいみん}
「耳栓（耳塞）」等；在飛機到達目的地前，還可向空服員索取_{みみせん}
「税関申告書（海關申報表）」。_{ぜいかんしんこくしょ}

入国 入境
にゅうこく

要如何填寫「入境申請表」及「海關申報單」呢？

飛機降落前，空服員會在機上詢問乘客是否需要「入国カード（入境申請表）」
にゅうこく
或「税関申告書（海關申報單）」，凡是外國入境旅客皆需填寫「入境申請表」，
ぜいかんしんこくしょ
如果旅客需要申報攜帶的物品，則需填寫「海關申報單」，但包括日本的有些國
家規定旅客兩份都需要填寫。

Part02-3-4

● 入国カード 入境申請表
にゅうこく

1. 到着便名 5 n. 入境班次
とうちゃくびんめい

2. 出発地 5 n. 起程地
しゅっぱつち

3. 出発便名 5 n. 出境班次
しゅっぱつびんめい

4. 目的地 4 3 n. 目地的
もくてきち

5. 漢字の氏名 ph. 姓名的漢字
かんじ　しめい

6. 性別 0 n. 性別
せいべつ

7. 姓 1 n. 姓氏
せい

8. 名前 0 n. 名字
なまえ

9. 生年月日 5 n. 出生日期
せいねんがっぴ

10. 国籍 0 n. 國籍
こくせき

11. パスポート番号 6 n. 護照號碼
ばんごう

12. 職業 2 n. 職業
しょくぎょう

13. 住所 1 n. 戶籍地址
じゅうしょ

14. 入国後の住所
にゅうこくご　じゅうしょ

　　ph. 入境後將停留的地址

15. 旅行の目的 ph. 旅行目的
りょこう　もくてき

16. サイン 1 n. （旅客）簽名

- **税関申告書** 海關申報單
ぜいかんしんこくしょ

1. 入国日 5 n. 入境日期
にゅうこくび

2. 姓 1 n. 姓氏
せい

3. 名前 0 n. 名字
なまえ

4. 性別 0 n. 性別
せいべつ

5. パスポート番号 6 n. 護照號碼
ばんごう

6. 国籍 0 n. 國籍
こくせき

7. 職業 2 n. 職業
しょくぎょう

8. 生年月日 5 n 出生日期
せいねんがっぴ

9. 出発地 5 n. 起程地
しゅっぱつち

10. 同伴家族数 ph. 隨行家屬人數
どうはんかぞくすう

11. 住所 1 n. 地址（指旅客原居住地址）
じゅうしょ

12. 品目 0 n.（需申報的）物品名稱
ひんもく

13. 数量 3 n.（需申報物品的）數量
すうりょう

14. 合計額 5 n.（需申報物品的）總價
ごうけいがく

15. サイン 1 n.（旅客）簽名

♦ **Tips** ♦

飛機抵達目的地時，要如何依指示入境呢？

抵達目的地時，先分辨你是要入境、轉機，還是過境；如果是入境的乘客，可依機場的日文指示「**入国**（入境）」方向行走，轉機的乘客可遵照「**乗り換え**（轉機）」的指示搭乘另一班飛機，過境的乘客則可依照「**乗り継ぐ**」的方向等待飛機。入境的乘客在提取行李前，需經過「**税関**（海關）」入境查驗護照和簽證，以及回復海關的一些簡易問題後，方可前往「**手荷物受取所**（行李領取處）」提領行李。

公道 道路
（こう）（どう）

Part02-4-1

這些應該怎麼說？

公路上的設備

1 道路（どうろ）1 n. 道路

2 案内標識（あんないひょうしき）5 n. 路標

3 道路標示（どうろひょうじ）4 n. 交通標線

4 自動車（じどうしゃ）2 0 n. 汽車

5 外灯（がいとう）0 n. 街燈

6 ビル 1 n. 大樓

7 中央分離帯（ちゅうおうぶんりたい）0 n. 分隔帶

•••01 歩く　走路
あ　る

路上會遇見的東西

歩道 ⓪
ほ　どう

n. 人行道

路側帯 ⓪
ろ　そく　たい

n. 路緣帶

車道 ⓪
しゃ　どう

n. 車道

自転車道 ⓪
じ　てん　しゃ　どう

n. 自行車專用道

交差点 ⓪③
こう　さ　てん

n. 路口

スクランブル交差点
こう　さ　てん
⑨

n. 全向十字路口

横断歩道 ⑤
おう　だん　ほ　どう

n. 斑馬線

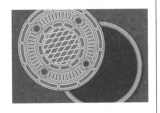

歩道橋 ⓪
ほ　どう　きょう

n. 天橋

マンホール ③

n. 人孔蓋、下水道蓋

◆ Chapter4
道路

消火栓 ⓪
しょうかせん

n. 消防栓

電線 ⓪
でんせん

n. 電線

監視カメラ ④
かんし

n. 監視器

信号機 ③
しんごうき

n. 紅綠燈

反射鏡 ⓪
はんしゃきょう

n. 反射鏡

ガードレール ④

n. 護欄

押しボタン
お

式信号機 ⓪
しきしんごうき

n. 按鍵式紅綠燈

◆ Tips ◆

慣用語小常識：走路篇

犬も歩けば棒に当たる
いぬ ある ぼう あ

「狗走路會被棒子打？」

原本這句慣用語是說狗到處走說不定會被人拿棒子打，而延伸成做人最好不要做多餘的事，以免惹禍。但「当たる」也有中獎的意思，
あ
所以現在也有做人最好不要按兵不動，做下去了說不定就會成功的意思，和最先的涵義完全相反。

㊀ ひさしぶりで休みが取れたので、遊びに出かけてみたらさっそく大
やす と で おお
雨。まさに、犬も歩けば棒に当たるだ。
あめ いぬ ある ぼう あ

難得請到假日，結果一出去玩就碰到大雨，真是飛來橫禍。

㊀ 犬も歩けば棒に当たると信じて、とりあえずいろいろやってみる。
いぬ ある ぼう あ しん

相信好運會從意想不到的地方來，我要多多嘗試各式各樣的事。

くるま

Part02-4-3

各式各樣的車

SUV 0
n. 運動型多用途車

セダン 1
n. 轎車、房車

クーペ 1
n. 轎跑車

キャンピングカー 5 6
n. 露營車

コンパクトカー 5 6
n. 小型家庭用車

オープンカー 3 5
n. 敞篷車

ロードスター 5
n. 雙座敞篷車

ミニカー 3 2
n. 迷你車

リムジン 1
n. 加長型禮車

ジープ 1
n. 吉普車

ミニバン 0
n. 多功能休旅車

ワンボックス 3
n. 單廂車

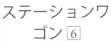

ステーションワゴン 6
n. 旅行車

けいじどうしゃ
軽自動車 4
n. 輕型車

ねんりょうでんちじどうしゃ
燃料電池自動車 9
n. 電動車

じどううんてんしゃ
自動運転車 0
n. 自動駕駛汽車

道路 Chapter4

83

タクシー ①
n. 計程車

パトロールカー ⑤⑥
n. 警車

バス ①
n. 公車

消防車 ③
しょうぼうしゃ
n. 消防車

ミキサー車 ③
しゃ
n. 水泥攪拌車

トラック ②
n. 貨車

救急車 ③
きゅうきゅうしゃ
n. 救護車

ごみ収集車 ⓪
しゅうしゅうしゃ
n. 垃圾車

バキュームカー ④⑤
n. 水肥車

タンクローリー ④
n. 油罐車

ブルドーザー ③
n. 推土機

ショベルカー ③④
n. 挖土機

你知道嗎？

車壞掉時，要送到哪裡修理？

1. ディーラー 原廠授權店

送原廠授權店修理時由於會使用原廠零件，也會順便檢查沒故障的地方，有時花費會很高。如果還在保固期限內的話可能可以免費修理，甚至會借你修理期間代步用的車。

2. 民間工場 民間的車行
（みんかんこうじょう）

送民間車行修理通常會比較便宜，但可能會沒有修理後的保固。

Part02-4-5

03 バイクと自転車 機車和自行車
（じてんしゃ）

機車和自行車有哪些類型呢？

スクーター ②   アメリカン ②   オフロード ③

n. 速克達   n. 美式重機   n. 越野機車

電動スクーター
5

n. 電動機車

ロードバイク 4

n. 公路自行車

マウンテンバイク 6

n. 越野自行車

クロスバイク 4

n. 混合自行車

シクロクロス 4

n. 越野單車賽用
自行車

シティサイクル
4

n. 都會自行車

折りたたみ
自転車 6

n. 折疊自行車

電動アシスト
自転車 9

n. 電動自行車

◆ **Tips** ◆

生活小常識：機車駕照篇

日本的機車駕照依排氣量分類：

駕照類型	可駕駛的機車排氣量上限	考照年齡下限	雙乘
摩托化自行車	50cc	16	不可
小型	125cc	16	可
中型（輕型）	400cc	16	可
大型	無制限	18	可

附註：750cc 的機車俗稱「**ナナハン**（七半）」。

Part 3
<ruby>学校<rt>がっこう</rt></ruby> 學校

学校 學校

<ruby>学<rt>がっ</rt></ruby><ruby>校<rt>こう</rt></ruby>

這些應該怎麼說？

學校構造

1 学校案内図 <ruby>がっこうあんないず</ruby> 4 n. 校園平面圖	*5* 図書館 <ruby>としょかん</ruby> 2 n. 圖書館
2 教室 <ruby>きょうしつ</ruby> 0 n. 教室	*6* 校門 <ruby>こうもん</ruby> 0 n. 校門
3 カフェテリア 3 n. 自助餐廳	*7* バスケットボールコート 9 n. 籃球場
4 廊下 <ruby>ろうか</ruby> 0 n. 走廊	*8* 校庭 <ruby>こうてい</ruby> 0 n. 庭園

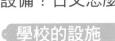

你知道嗎？

學校裡會有哪些設備？日文怎麼說？

學校的設施

Part03-1-2

1. お手洗い n. 洗手間
   （てあらい）
2. 講堂 [0] n. 禮堂
   （こうどう）
3. 保健室 [2] n. 保健中心
   （ほけんしつ）
4. 校庭 [0] n. 操場
   （こうてい）
5. プール [1] n. 游泳池
6. 教材室 [4] n. 教具室
   （きょうざいしつ）
7. 体育用具室 n. 體育器材室
   （たいいくようぐしつ）
8. リサイクルコーナー [6] n. 資源回收室
9. 寮 [1] n. 宿舍
   （りょう）

學校的辦公室

 Part03-1-3

1. 校長室 [4] n. 校長室
   （こうちょうしつ）
2. 学務課 [0] n. 教務處
   （がくむか）
3. 学生課 [0] n. 學務處
   （がくせいか）
4. 総務課 [0] n. 總務處
   （そうむか）
5. 職員室 [5] n. 教職員辦公室
   （しょくいんしつ）
6. カウンセリング室 [6] n. 輔導室
   （しつ）
7. 人事課 [0] n. 人事室
   （じんじか）
8. 経理課 [0] n. 會計室
   （けいりか）
9. 軍事教練室 [6] n. 教官室
   （ぐんじきょうれんしつ）

10. 用務員室 [5] n. 工友室
    （ようむいんしつ）
11. 警備員室 [5] n. 警衛室
    （けいびいんしつ）

···01 登校 上學
とうこう

Part03-1-4

上學用的到的物品

教科書 3
きょうかしょ
n. 課本

学習帳 5
がくしゅうちょう
n. 作業本

ハンカチ 30
n. 手帕

通学カバン 5
つうがく
n. 書包

ティッシュ 1
n. 衛生紙

水筒 0
すいとう
n. 水壺

**トレーニングウ
エア** 7
n. 體育服

制服 0
せいふく
n. 制服

弁当箱 3
べんとうばこ
n. 便當盒

ランチバッグ 4
n. 便當袋

バックパック 4
n. 後背包

筆箱 0
ふでばこ
n. 鉛筆盒

所需的文具用品

消しゴム ⓪
n. 橡皮擦

接着剤 ④⓪
n. 膠水

スティックのり
⑤
n. 口紅膠

はさみ ③②
n. 剪刀

物差し ③④
n. 尺

分度器 ③
n. 量角器

コンパス ①
n. 圓規

フォルダー ⓪①
n. 資料夾

カッターナイフ
⑤
n. 美工刀

バインダー ⓪
n. 資料夾

ルーズリーフ
④ n. 活頁紙

ノート ①
n. 筆記本

単語帳 ④
n. 單字卡

粘土 ①
n. 黏土

ホッチキス ①
n. 釘書機

ホッチキスの針
① ・ 芯 ①
n. 訂書針

付箋 0
ふせん
n. 便利貼

電卓 0
でんたく
n. 計算機

ノートパソコン
4
n. 筆記型電腦

筆的種類有哪些，日文怎麼說呢？

クレヨン 2
n. 蠟筆

マーカー 1
n. 彩色筆；麥克筆

鉛筆 0
えんぴつ
n. 鉛筆

ボールペン 0
n. 原子筆（圓珠筆）

色鉛筆 3
いろえんぴつ
n. 色鉛筆

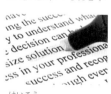

蛍光ペン 35
けいこう
n. 螢光筆

シャープペンシ
ル 4
n. 自動鉛筆

万年筆 3
まんねんひつ
n. 鋼筆

ホワイトボード
マーカー 8
n. 白板筆

筆 0
ふで
n. 毛筆

◆ Tips ◆

修正液的日文怎麼說？

傳統的修正液原本是用一個小瓶子填裝白色的修正液體，並附帶一支小刷子，日文稱之「修正液^{しゅうせいえき}」，「修正^{しゅうせい}」是「修改；訂正」的意思、「液体^{えきたい}」是液體，所以「修正液^{しゅうせいえき}」就是指「修正的液體」；但因刷子不易使用，而後改為筆型的修正液，筆頭上的圓珠輕壓在需修正處上，很快地白色液體流出，就可輕易的修改；但因上述兩種皆不易乾，修正後還需待乾，才能繼續寫字，所以業者近一步研發出像膠帶一樣，將白色修正液貼在修正處上，日文稱之「修正テープ^{しゅうせい}」，修正的膠帶，也就是「修正帶」。

例 綴^{つづ}りの誤^{あやま}りを正^{ただ}すために、修正液^{しゅうせいえき}を持^もっておいてください。

請準備立可白修正你的錯字。

••• 02 購買部と学食^{こうばいぶ がくしょく} 福利社和學校餐廳

你知道嗎？　◀ ▶ ▶ ▶ ▶ ▶ ▶ ▶ ▶ ▶

學校合作社和餐廳的日文怎麼說？

購買部^{こうばいぶ}（福利社）

「購買部^{こうばいぶ}」裡大致上販賣著一些簡單的「スナック（零食）」、「飲料^{のみもの}（飲料）」、「パン（麵包）」、「文房具^{ぶんぼうぐ}（文具用品）」，方便學生在短暫下課期間快速補充學習要用的文具與充飢，但並非每個學校都會有「購買部^{こうばいぶ}」。

例 お菓子^{かし}を食^たべた後^{あと}は、すぐに歯^はを磨^{みが}いたほうがいい。

吃完零食後，最好立刻刷牙。

在合作社裡，常見的點心、飲料日文要怎麼說呢？

● スナック 零食類

クッキー 1
n. 餅乾

キャンデー 1
n. 糖果

ペロペロキャンデー
5
n. 棒棒糖

グミ 1
n. 軟糖

アイスクリーム 5
n. 冰淇淋

プリン 1
n. 布丁

チューイングガム 7
n. 口香糖

ポテトチップス 4
n. 洋芋片

アイスキャンディー
4
n. 冰棒

● ドリンク 飲料類

Part03-1-8

ボトルウォーター ④
n. 瓶裝水

<ruby>炭酸水<rt>たんさんすい</rt></ruby> ③
n. 氣泡水

<ruby>清涼炭酸飲料<rt>せいりょうたんさんいんりょう</rt></ruby> ⓪⑦
n. 汽水

<ruby>牛乳<rt>ぎゅうにゅう</rt></ruby> ⓪
n. 牛奶

<ruby>茶<rt>ちゃ</rt></ruby> ⓪
n. 茶

ジュース ①
n. 果汁

◆ Tips ◆

學校內的餐廳

日本的學校餐廳供餐的方式與一般餐廳一樣，排隊到「**食堂カウンター**（餐台）」向店員點餐，取餐後先「**勘定**（結帳）」再用餐。有些餐廳為提高效率會設置「**食券券売機**（食券販賣機）」，要先到販賣機買好食卷，才能用它點餐。

例 <ruby>全<rt>すべ</rt></ruby>ての<ruby>学校職員<rt>がっこうしょくいん</rt></ruby>と<ruby>学生<rt>がくせい</rt></ruby>は、<ruby>食堂<rt>しょくどう</rt></ruby>で<ruby>食事<rt>しょくじ</rt></ruby>をとる。

所有的教職員和學生都需在餐廳用餐。

這些應該怎麼說？

學校走廊

① 廊下 ろうか [0] n. 走廊
② 時計 とけい [0] n. 時鐘
③ ロッカー [1] n. 置物櫃
④ アナウンス設備 せつび [6] n. 廣播器

⑤ 通気口 つうきこう [0][3] n. 通風口
⑥ 誘導灯 ゆうどうとう [0] n. 緊急出口指示
⑦ チャイム [1] n. 學校打鈴鐘

你知道嗎？

学校の怪談 學校裡的鬼故事？

在日本的學校裡有時會流傳一些鬼故事，經過改編成許多電影、連續劇、小說、漫畫之後成為了一種流行文化。各種鬼故事合稱為「**学校の七不思議**（校園七不思議）」，但不一定真的是七個。特別有名的「**学校の怪談**（學校怪談）」有：

1. **トイレの花子さん**（廁所的花子）：在無人的學校廁所裡敲三次門，問「花子在嗎？」第三間廁所就會傳來回答，但把那間打開你就會被殺掉。是最有名的學校怪談。
2. **夜中に動く標本・剥製**（夜晚徘徊的標本）：到了晚上，學校裡面的標本或人體模型會自己到處走動。
3. **作曲家の肖像**（作曲家的畫像）：到了晚上，學校裡面的巴哈或貝多芬等作曲家的肖像畫會自己開始動，轉眼睛、變成憤怒的表情，或是發光。
4. **ピアノの霊**（鋼琴的鬼魂）：從沒人的音樂教室傳來鋼琴聲。
5. **夜動く二宮金次郎像**（夜晚徘徊的二宮金次郎像）：到了晚上，許多日本學校都有的二宮金次郎銅像會自己開始亂跑。

例 この学校にも七不思議あるけど、七つ全部知ってる人はいない。

這個學校也流傳著校園七不思議，但沒人知道是哪七個。

在教室會做什麼呢？

⋯ 01 授業 上課
じゅぎょう

1	ホワイトボード 5 n. 白板	8	窓 1 n. 窗戶 まど
2	教卓 0 n. 導師桌 きょうたく	9	掲示板 0 n. 公告欄 けいじばん
3	机 0 n. 書桌 つくえ	10	時間割表 0 6 n. 功課表 じかんわりひょう
4	椅子 0 n. 椅子 いす	11	オーバーヘッドプロジェク
5	マグネット 3 n. 磁鐵		ター 8 n. 投影機
6	黒板消し 5 n. 板擦 こくばんけ	12	教室の飾り付け ph. 教室佈置 きょうしつ かざ つ
7	マーカー 1 n. 白板筆		

上課時，常做的事有哪些？

Part03-2-3

出席をとる
しゅっせき

ph. 點名

本を出す
ほん　だ

ph. 把書拿出來

起立⓪・立つ①
き りつ　　た

v. 站起來

座る⓪
すわ

v. 坐下

尋ねる③
たず

v. 提問

討論する①
とうろん

v. 討論

答える③②
こた

v. 回答

手を挙げる③
て　あ

v. 舉手

勉強する⓪
べんきょう

v. 研讀

読む①
よ

v. 閱讀

学ぶ⓪②
まな

v. 學習

聞く⓪
き

v. 聆聽

はっぴょう
発表する ⓪
v. 上台報告

かんが
考える ④ ③
v. 想

か
書く ①
v. 寫

こくばん け
黒板を消す
ph. 擦黒板

こくばん か
黒板に書く
ph. 寫黒板

ほ
褒める ②
v. 誇獎

せいれつ
整列する ⓪
v. 排隊

ていしゅつ
提出する ⓪
v. 繳交

おし
教える ⓪
v. 教學

ね
うたた寝する ⓪
v. 打瞌睡

くうそう
空想にふける
ph. 發呆；做白日夢

ペアになる
ph. 配對

こうたい
交替でする ⓪

ph. 輪流

ひるね
昼寝する ⓪

v. 睡午覺

しょばつ
処罰する ①⓪

v. 處罰

しゅうぎょう
終 業 ⓪

n. 下課

◆ Tips ◆

各種考試日文怎麼說？

「**テスト**」、「**試験**」都是指考試，但用法有些微不同！

「**テスト**」通常指的是比較小規模的考試，如學校平時的小考試就稱為「**小テスト**」，隨堂抽考就稱為「**抜き打ちテスト**」；比較大型的、正式的、統一一起考的考試習慣以「**試験**」稱呼，如：「**入学試験**（入學考）」、「**中間試験**（期中考）」、「**期末試験**（期末考）」、「**筆記試験**（紙筆測驗）」、「**模擬試験**（模擬考）」…等，或是「**追試**（補考）」或「**再試験**（重考）」皆較頻繁以「**試験**」來表達。

例 先生が抜き打ちテストをしたことで、全学生はびっくりした。

當老師說要隨堂考時，所有學生都嚇到了。

101

● 考試時，常見的狀況有哪些？

本を片付ける
ほん かたづ

ph. 把書收起來

テスト用紙を配る
ようし くば

ph.（考前）發考卷

テストを受ける
う

ph. 考試

カンニングをする

v. 作弊

ペンを置く
お

ph. 把筆放下

テスト用紙を
ようし

提出する
ていしゅつ

ph. 交考卷

♦ **Tips** ♦

要如何表達考後成績結果呢？

學生在考完試後，都會分享考試成績，如果考的不錯可以說「いい**点**を**取**った（考到好分數）」；考滿分就是「**満点**を**取**った（拿到滿分）」。如果成績低空飛過可以說「**ギリギリ合格**（勉強通過）」；考不好可以說「**試験**を**落**とした（沒有考及格）」，考零分就是「0**点**を**取**った（拿到零分）」。
てん と
まんてん と
ごうかく
しけん
お
てん と

例 彼女は全く勉強しない。だから、数学のテストで落ちた。
かのじょ まった べんきょう すうがく お

她完全沒有讀書，所以她的數學考不及格。

你知道嗎？ ◀▶▶▶▶ ▶▶▶▶▶ ▶▶▶

翹課的日文怎麼說呢？

形容「該上課，而不去上課」，日文有眾多說法：「授業をさぼる」、「無断欠席する」、「ずる休みをする」；「授業をさぼる」的「さぼる」源自法語的「サボタージュ」，原本的意思是為抗議而罷工，但現今已演變為因為懶惰而不去工作或上課，常常寫作「サボる」。「授業をさぼる」合起來意思就是（因為懶惰而）翹課。如前述，「さぼる」也能用在上班工作，如「仕事をさぼる（翹班）」；「無断欠席する」的「無断」指的是沒有事先通知，「欠席」則是指沒有出席，兩者合起來意思就是沒有事先通知的缺席。除了翹課之外也能用在其他需要出席的場合，如工作、會議或是宴會之類；「ずる休みをする」的「ずる」指的是狡詐、卑鄙的行為，跟休假的「休み」合起來就是「做了狡詐的事得來的假日」，像是謊稱感冒來請病假。時常寫作「ズル休み」。

例 彼らは映画館で、ホラー映画を見るために授業をさぼった。

他們翹課跑去電影院看恐怖片。

在教室上課時常用的句子

1. 始業です。授業を始めます。 上課了。
2. 出席をとります。 現在來點名。
3. 5 ページを開けてください。 翻到第 5 頁。
4. すみません。もう一度言ってもらえませんか。 對不起，可以再說一次嗎？
5. これは日本語でどのように言うんですか。 這個日文要怎麼說？
6. 私の後に続いて、読んでください。 我念一遍，你們再念一遍。
7. すみません。もう一度言ってもらえませんか。 對不起，可以再說一次嗎？
8. よく分かりません。 我不太懂。

保健室 保健室
ほけんしつ

Part03-3-1

這些應該怎麼說？

保健室的設備

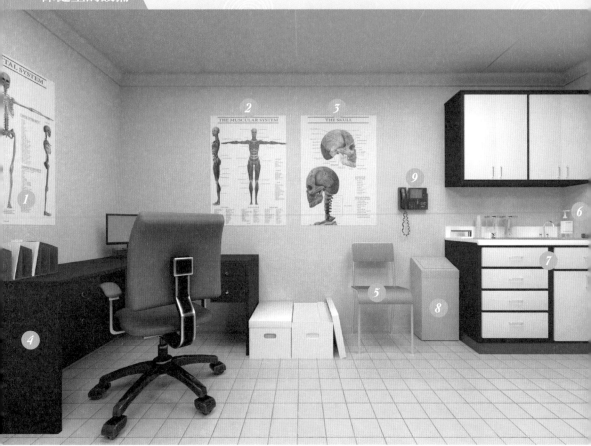

① 骨格図 こっかくず ⓪ n. 骨骼圖	⑥ アルコール ⓪ n. 酒精
② 筋肉系図 きんにくけいず ⓪ n. 肌肉圖	⑦ 流し台 ながしだい ⓪ n. 洗手台
③ 頭蓋骨図 ずがいこつず ⓪ n. 頭顱圖	⑧ ゴミ箱 ばこ ① n. 垃圾桶
④ 診察デスク しんさつ ⑤ n. 諮詢桌	⑨ 電話 でんわ ⓪ n. 電話
⑤ 診察椅子 しんさついす ⑤ n. 病人椅	

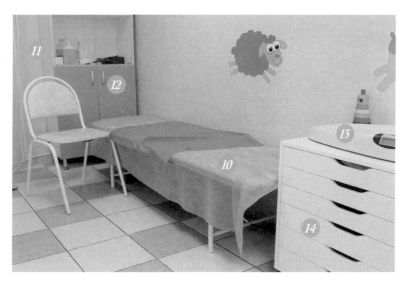

⑩ 診察台（しんさつだい） ⓪ n. 診斷床

⑪ 間仕切りカーテン（まじき） ⑤ n. 隔簾

⑫ 医療用キャビネット（いりょうよう） ⑦ n. 醫物櫃

⑮ 体重計（たいじゅうけい） ⓪ n. 體重機

⑭ 引き出し（ひ だ） ③ ⑤ n. 抽屜

◆ Tips ◆

慣用語小常識：生病篇

病（やまい）は気（き）から

「病從氣來？」

這裡的「氣（き）」指的是人的心情、感覺，病從心情來便是指一個人若一直悶悶不樂就容易生病，反之保持開朗心情就不容易生病，或是生了病也很快會治好。

例 病（やまい）は気（き）からともいうし、そんなふさぎ込（こ）んだままじゃ治（なお）せる病気（びょうき）も治（なお）らないよ。

俗話說病從心來，你一直悶悶不樂的病怎麼治的好呢。

••• 01 治療 治療
ちりょう

Part03-3-2

「外傷（外傷）」有哪些？日文怎麼說？
がいしょう

切り傷 ②
き　きず
n. 割傷

肉離れ ⓪③
にくばなれ
n. 拉傷

捻挫 ⓪
ねんざ
n. 扭傷

脱臼 ⓪
だっきゅう
n. 脫臼

挫傷 ⓪
ざしょう
n. 挫傷

骨折 ⓪
こっせつ
n. 骨折

痙攣 ⓪
けいれん
n. 抽筋

火傷 ⓪
やけど
n. 燙傷

基本的醫療用具有哪些？日文怎麼說？

たんか
担架 1
n. 擔架

まつばづえ
松葉杖 4
n. 拐杖

ちょうしんき
聴診器 3
n. 聽診器

たいおんけい
体温計 0 3
n. 體溫計

みみしきたいおんけい
耳式体温計 5
n. 耳溫計

けつあつけい
血圧計 0
n. 血壓計

ちゅうしゃ
注射 0
n. 針筒

ばんそうこう
絆創膏 0
n. OK 繃

ガーゼ 1
n. 紗布

コットンボール 5
n. 棉球

マスク 1
n. 口罩

ピンセット 3
n. 鑷子

在保健室，基本治療外傷的方式有哪些？

包帯を巻く

ほうたい ま

ph. 用繃帶包紮

氷枕をあてる

こおりまくら

ph. 冰敷

三角巾で腕を吊る

さんかくきん うで つ

ph. 用三角巾包紮

軟膏を塗る

なんこう ぬ

ph. 擦藥膏

ヨードチンキを塗る

ぬ

ph. 擦碘酒

アルコール消毒する

しょうどく

ph. 用酒精消毒

02 症状 症狀
しょうじょう

常見的身體不適症狀有哪些？

喉の痛み 0

のど いた

n. 喉嚨痛

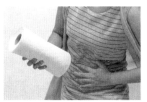

下痢 0

げり

n. 腹瀉

アレルギー 2 3

n. 過敏

吐き気 ③
は　け
n. 噁心想吐

嘔吐 ①
おうと
n. 嘔吐

発熱 ⓪
はつねつ
n. 發燒

インフルエンザ ⑤
n. 流行性感冒

鼻水 ⓪
はなみず
n. 流鼻水

咳 ②
せき
n. 咳嗽

目まいがする ②
め
ph. 頭暈

胃痛 ⓪
いつう
n. 胃痛

頭痛 ⓪
ずつう
n. 頭痛

  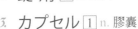

◀ 舒緩不適的基本藥物有哪些呢？

1. 丸薬 ⓪ n. 藥丸
   がんやく
2. 錠剤 ⓪ n. 藥片
   じょうざい
3. カプセル ① n. 膠囊
4. 痛み止め ⓪ n. 止痛劑
   いた　ど
5. 咳止めシロップ ⑤ n. 咳嗽糖漿
   せきど
6. アスピリン ⓪③ n. 阿斯匹靈
7. 抗生物質 ⑤ n. 抗生素
   こうせいぶっしつ

Part03-3-6

例 今朝、頭痛を和らげるためアスピ
　　けさ　ずつう　　やわ
リンを服用した。
　　　ふくよう

今早我服用了阿斯匹靈來減緩我的
頭痛。

キャンパス 大學校園

Part03-4-1

這些應該怎麼說？

大學校門

- ① とけいだい　時計台 [0] n. 鐘塔
- ② こうもん　校門 [0] n. 校門
- ③ しゅえいしつ　守衛室 [0] n. 警衛室
- ④ めいばん　銘板 [0] n. 紀念牌
- ⑤ こうしゃ　校舎 [1] n. 學校的大樓
- ⑥ がくせい　学生 [0] n. 學生

···01 サークル 社團

各種社團

さどうぶ
茶道部 04

n. 茶道部

けいざいけんきゅうかい
経済研究会 5

n. 經濟研究會

やきゅうぶ
野球部 04

n. 棒球部

じどうしゃぶ
自動車部 05

n. 汽車部

ばじゅつぶ
馬術部 04

n. 馬術部

けいおんがく
軽音楽 0

n. 輕音樂

えいがけんきゅう
映画研究 4

n. 電影研究

コスプレ 0

n. 角色扮演

えいかいわ
英会話 3

n. 英語會話

◆Chapter4
大學校園

ゲーム研究 ④
<ruby>研究<rt>けんきゅう</rt></ruby>
n. 電玩研究

国際交流 ⑤
<ruby>国際交流<rt>こくさいこうりゅう</rt></ruby>
n. 國際交流

広告研究 ⑤
<ruby>広告研究<rt>こうこくけんきゅう</rt></ruby>
n. 廣告研究

演劇 ⓪
<ruby>演劇<rt>えんげき</rt></ruby>
n. 戲劇

卓球 ⓪
<ruby>卓球<rt>たっきゅう</rt></ruby>
n. 桌球

フットサル ③
n. 室內足球

バスケットボール ⑥
n. 籃球

ダンス ①
n. 舞蹈

バドミントン ③
n. 羽毛球

空手 ⓪
<ruby>空手<rt>からて</rt></ruby>
n. 空手道

相撲 ⓪
<ruby>相撲<rt>すもう</rt></ruby>
n. 相撲

アーチェリー ①
n. 射箭

你知道嗎？

「サークル（社團）」是什麼？

「サークル（社團）」是指由志同道合的大學生們組合起來一起活動的團體，又稱「**同好会**（同好會）」，舉例如「**テニスサークル**（網球社團）」和「**社交ダンス同好会**（社交舞同好會）」。大學有所謂「**イベント系サークル**（聯誼性社團）」，特別注重和其他大學的學生交流，會舉辦「**飲み会**（一定有酒的聚餐）」和「**パーティ**（派對）」之類的社交活動。

當然，大學也有重視團員間關係的社團活動，分為「**文科系クラブ**（文系社團）」和「**体育会系クラブ**（體育系社團）」兩種類型，「**文科系クラブ**」有「**茶道部**（茶道部）」和「**経済研究会**（經濟研究會）」等社團，「**体育会系クラブ**」則有「**野球部**（棒球部）」、「**馬術部**（馬術部）」、「**自動車部**（汽車部）」等社團。

···02 大学生活 大學生活
だいがくせいかつ

Part03-4-3

大學生活的必須用語

オリエンテーション 5・ガイダンス 1

n. 教育指導

カリキュラム 3 1

n. 課程

休 講 0
きゅうこう

n. 休講、停課

第二外国語 4
だいにがいこくご

n. 第二外語

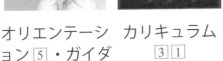

インターンシップ ⑥

n. 實習

けいじばん
掲示板 ⓪

n. 留言板

せいど
セメスター制度
⑥

n. 二學期制

HALF TERM

ダブルスクール
⑤

n. 雙重學籍

オフィスアワー
④

n. 課後輔導

ゼミナール ③

n. 講座

しょうがくきん
奨学金 ⓪

n. 獎學金

たんい
単位 ①

n. 學分

TA ⓪

n. 助教

ひっしゅうかもく
必修科目 ⑤

n. 必修課

せんたくかもく
選択科目 ⑤

n. 選修課

へんにゅう
編入 ⓪

n. 編入

たいがく
退学 ⓪

n. 退學

りゅうがく
留学 ⓪

n. 留學

レポート ②

n. 報告

りしゅう
履修 ⓪

n. 修課

Part03-4-4

研究所的課程

修士課程 [4]・博士課程前期 [7]
しゅうしかてい　　はくしかていぜんき
n. 碩士班課程、博士班前期課程

博士課程 [4]・博士課程後期 [7]
はくしかてい　　はくしかていこうき
n. 博士班課程、博士班後期課程

Part03-4-5

學位

準学士 [3]
じゅんがくし
n. 副學士

短期大学士 [4]
たんきだいがくし
n. 副學士

学士 [1]
がくし
n. 學士

博士 [1]
はくし
n. 博士

修士 [1]
しゅうし
n. 碩士

◆Chapter4
大學校園

115

ＭＢＡ ⓪
n. 工商管理碩士

ほうかだいがくいん
法科大学院 ⑦
n. 法律研究所

かいけいだいがくいん
会計大学院 ⑤
n. 會計研究所

けいざいがく
経済学 ③
n. 經濟學

政治学のイメージ

せいじがく
政治学 ③
n. 政治學

しんりがく
心理学 ③
n. 心理學

きょういくがく
教育学 ④
n. 教育學

せいさくかがく
政策科学 ⑤
n. 政策科學

こくさいかんけいがく
国際関係学 ⑤
n. 國際關係學

かんきょうがく
環境学 ⓪
n. 環境學

いがく
医学 ①
n. 醫學

やくがく
薬学 ⓪②
n. 藥物學

こうがく
工学 ⓪①
n. 工學

りがく
理学 ①
n. 理學

げいじゅつがく
芸術学 ④
n. 藝術學

ぶんがく
文学 ①
n. 文學

Part 4
しょくば
職場 工作場所

辦公室設備

1 事務員 (じむいん) [2] n. 上班族

2 パーティション [1]・間仕切り (まじき) [2][0]
n. 隔板；隔牆

3 通路 (つうろ) [1] n. 通道；走廊

4 ワークスペース [4] n. 隔開的辦公
區域

5 書類整理棚 (しょるいせいりだな) [4] n. 檔案櫃

6 備品棚 (びひんだな) [0] n. 用品櫃

7 モニター ① n. 螢幕

8 マウス ① n. 滑鼠

9 キーボード ③ n. 鍵盤

10 マグカップ ③ n. 馬克杯

11 文書[ぶんしょ] ① n. 文件

12 文房具[ぶんぼうぐ] ③ n. 文具用品

13 休憩室[きゅうけいしつ] ⓪ n. 休息室

14 同僚[どうりょう] ⓪ n. 同事

◆ Tips ◆

「上、下班打卡」的日文該怎麼說呢？

打卡主要的目的就是記錄員工上、下班的時間，所以日文的「打卡機」就稱為「**タイムレコーダー**（時間記錄器）」，「**打刻[だこく]する**」意味著在「**タイムカード**（打卡的卡片）」上印上進辦公室的時間，所以也就是「上班打卡」的意思，也可以說「**出勤時刻[しゅっきんじこく]を記録[きろく]する**」；反之，在「**タイムカード**」上印上出辦公室的時間，日文稱做「**退社時刻[たいしゃじこく]を打刻[だこく]する**（下班打卡）」。

例 田中[たなか]さんは、いつも9時前[じまえ]にタイムカードに打刻[だこく]する。

田中先生上班總是在9點以前打卡。

生活小常識：分機篇

日文的「分機」應該怎麼說呢？

名片上有時會見到公司電話號碼後面銜接著ext.，也就是「**内線[ないせん]**（分機）」的縮寫。當有人詢問「**内線番号[ないせんばんごう]は何番[なんばん]ですか。**（你的分機號碼是多少？）」你可以回覆「**私[わたし]のは XXX です。**（我的是 XXX。）」

例 田中[たなか]の内線番号[ないせんばんごう]は 102 でございます。田中[たなか]におつなぎいたします。

田中的分機是 102。我幫你的電話轉接給田中。

•••01 <ruby>電話<rt>でんわ</rt></ruby> 電話

Part04-1-2

常做的事有哪些？

<ruby>電話<rt>でんわ</rt></ruby>に<ruby>出<rt>で</rt></ruby>る

ph. 接電話

<ruby>番号<rt>ばんごう</rt></ruby>を<ruby>押<rt>お</rt></ruby>す

ph. 撥打電話

<ruby>電話<rt>でんわ</rt></ruby>を<ruby>掛<rt>か</rt></ruby>ける

ph. 打電話

<ruby>電話<rt>でんわ</rt></ruby>を<ruby>掛<rt>か</rt></ruby>け<ruby>直<rt>なお</rt></ruby>す

ph. 回電

<ruby>電話<rt>でんわ</rt></ruby>を<ruby>切<rt>き</rt></ruby>る

ph. 掛斷電話

<ruby>伝言<rt>でんごん</rt></ruby>する ⓪

v. 留言

Part04-1-3

電話上的按鍵，日文怎麼說？

1 受話器 [2] n. 電話筒
（じゅわき）

2 表示画面 [5] n. 顯示螢幕
（ひょうじがめん）

3 保留ボタン [5] n. 保留鍵
（ほりゅう）

4 ポーズボタン [4] n. 暫停鍵

5 転送ボタン [5] n. 轉接鍵
（てんそう）

6 再発信ボタン [6] n. 重播鍵
（さいはっしん）

7 スピーカー機能ボタン
（きのう）
[6] n. 擴音鍵

8 音量調節ボタン [11] n.
（おんりょうちょうせつ）
音量鍵

9 確認ボタン [5] n. 確認鍵
（かくにん）

10 消去ボタン [6] n. 刪除鍵
（しょうきょ）

11 通話終了ボタン [10] n. 退出鍵
（つうわしゅうりょう）

12 ファンクション [1]・編集ボタ
（へんしゅう）
ン [5] n. 功能 / 編輯鍵

13 シャープボタン [5] n. 井（＃）字鍵

14 米印ボタン [6] n. 米（＊）字鍵
（こめじるし）

15 ミュートボタン [4] n. 靜音鍵

常用的電話禮儀與基本對話

☆挨拶（問候）＋名乗る（表明身份）

打電話時，「電話のかけ手（打電話者）」親切、有禮貌地問候「電話の受け手（接聽電話者）」是很重要的，所以在電話接通時，建議可以先說句問候語做為開場白，再開始介紹自己的名字。

受け手：“もしもし”（您好。）

かけ手：“もしもし、田中でございます。”（您好，我是田中。）

☆電話の目的を話す　說明來電目的

1. 介紹完自己的名字後，就可以直接說明你想找的人：

   かけ手：“山田さんをお願いできますか。”（我可以跟山田先生說話嗎？）

   受け手：“はい、でございます。”（我就是山田。）

2. 如果對方不在，可以留言，再請對方回電：

   受け手：“申し訳ございません。ただ今、外出中でございます。ご伝言をお伺いしましょうか。”（不好意思，他不在。您需要留言給他嗎？）

   かけ手：“ありがとうございます。恐れ入りますが、0972888888 にお電話をお願いしますとお伝えいただけますでしょうか。”（好的，您可以請他播打我的電話 0972888888。）

3. 如果是播打公司的電話號碼，總機通常會告知對方的分機號碼後，再幫忙轉機：

   受け手：“少々お待ちください。内線番号は 515 でございます。おつなぎいたします。”（請稍等一下，他的分機號碼是 515。我幫您轉接給他。）

4. 如果遇到對方忙線中，可以稍後再播：

   受け手：“申し訳ございません。ただ今、通話中でございます。”（不好意思，他現在忙線中。）

••• 02 メール 電子郵件

日文的電子郵件怎麼寫呢？

正確且慎重地書寫一封信件，代表了寄件者對收件者的禮貌與重視，日文電子郵件的書寫方式雖然並沒有像正式信件一樣的嚴謹，但是還是有基本的書寫規格與用語。

From:	*1*	company123@email.com
To:	*2*	wilson456@email.com
CC:	*3*	james000@email.com
BCC:	*4*	president888@email.com
件名：	*5*	会議のお知らせ
添付：	*6*	kaigi.gif（15KB）

ヘッダー

7 田中様
（C.C 山田様）

8 いつもお世話になっております。

挨拶

9 3月の会議につきまして、以下のように予定をしております。お忙しいところ恐縮ですが、どうぞご出席のほどよろしくお願いいたします。

1. 日時：3月3日（水）13：30 ～ 15：00
2. 場所：霞ヶ関事務所 25階 第3会議室
3. 議題：販売促進について

なお、会議の内容に関しましては、ファイルを添付しております（ファイル名：kaigi）事前にご確認をお願いいたします。

本文

10 以上、取り急ぎ用件のみにて失礼いたします。

サインオフ

高山建設株式会社
12 営業部課長 鈴木三郎 *11*
13 TEL：0988-888888
14 e-mail：company123@email.com

署名

☆ヘッダー 郵件標頭

郵件標頭的內容有 from、to、CC、BCC、「件名（けんめい）」和「添付（てんぷ）」：

1. from～「來自～」，在 from 一欄裡必需要有寄件人的「Eメール・アドレス（電子郵件地址）」，通常郵件軟體會自動幫你加上去。

2. to～「給～」，to 一欄裡必須清楚地打上收件人的正確「Eメール・アドレス」，不然收件人將收不到郵件喔！

3. CC 是「カーボンコピー」的縮寫，意思是指「副本抄送」。

4. BCC 是「ブラインドカーボンコピー」的縮寫，意思是「密件副本抄送」，和 CC 一樣都是另外寄送給另一個寄件人，但不同的是以 BCC 方式寄送的郵件只有 BCC 欄位上的收件人才能看得到，其他人是看不到的喔。

5. 「件名（けんめい）」，也就是郵件的標題。如果是一封正式的郵件，「件名（けんめい）」欄位裡一定要簡單扼要地在填上此郵件內容的主旨、目的。

6. 「添付（てんぷ）」，也就是郵件的附加檔案，有些寄件格式會顯示「添付書類（てんぷしょるい）（附件文書）」。

☆挨拶（あいさつ） 信函開頭的問候語

在信件寫上 7 收件人姓名稱謂之後，一般會跟著寫上 8 「挨拶（あいさつ）」，而要怎麼寫則需依情況判斷。若是初次往來的對象可以簡單地說「はじめまして。（初次見面。）」，同樣初次往來但要強調謙虛的話，也可以說「ご多忙中（たぼうちゅう）、突然（とつぜん）のメールを差（さ）し上（あ）げます失礼（しつれい）をお許（ゆる）しください。（在您百忙之中突然寄信過來，恕請見諒。）；回信時可以用「ご連絡（れんらく）いただきありがとうございます。（謝謝您的回信。）」，最泛用的「挨拶（あいさつ）」則是例文裡的「いつもお世話（せわ）になっております。（總是承蒙您的關照。）」，沒有特殊情況，或是不知道用什麼的時候用這句就對了。

☆本文（ほんぶん） 內文

日文書信的寫法和中文書信的寫法相當不同，中文內文的開頭通常會先寒喧個幾句，再說明寫信目的，但是 9 內文的第一段，是直接開門見山地說明此信件的目的。正式的書信除了用詞要禮貌之外，務必要重視能清楚的表達訊息。

☆サインオフ 結尾語

日文的 *10*「**サインオフ**（結尾語）」就像是中文的「敬上」、「敬啟」或「示」一樣，但比中文更長，也有更多種說法，要視情況使用。如：「ご<ruby>関心<rt>かんしん</rt></ruby>いただき、<ruby>感謝<rt>かんしゃ</rt></ruby><ruby>申<rt>もう</rt></ruby>し上げます。（謝謝您的考慮。）」、「なにとぞ、よろしくお<ruby>願<rt>ねが</rt></ruby>い申し上げます。（今後也望您多加指教。）」等等。

☆<ruby>署名<rt>しょめい</rt></ruby> 寄件人署名

記得最後在郵件的左下方，打上自己的 *11*「<ruby>氏名<rt>しめい</rt></ruby>（姓名）」、*12*「<ruby>役職<rt>やくしょく</rt></ruby>（職位）」和「<ruby>会社名<rt>かいしゃめい</rt></ruby>（公司名稱）」、*13*「<ruby>電話番号<rt>でんわばんごう</rt></ruby>（連絡電話）」或 *14*「Ｅメールアドレス（電子信箱）」，以便收件人連絡。

●●● 03 <ruby>文書処理<rt>ぶんしょしょり</rt></ruby> 處理文書

Part04-1-4

常見的文書處理用品有哪些呢？日文怎麼說？

シュレッダー ②
n. 碎紙機

コピー<ruby>機<rt>き</rt></ruby> ⓪
n. 影印機

ファクシミリ ③ ①
n. 傳真機

<ruby>裁断機<rt>さいだんき</rt></ruby> ⓪
n. 裁紙機

ノートパソコン ④
n. 筆電

（Wi-Fi）ルーター ①
n. 分享器

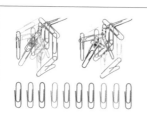

クリップ 1 2
n. 迴紋針

ホッチキス 1
n. 釘書機

（ホッチキスの）
芯(しん) 1 ・ 針(はり) 1
n. 釘書針

画鋲(がびょう) 0
n. 圖釘

糊(のり) 2
n. 膠水

ファイル 1
n. 文件夾

電腦的基本文書處理操作有哪些？

● パソコン 電腦

Part04-1-5

起動(きどう)させる 0 ・ シャットダウンする 4
v. 開關機

（サーバーに）アクセスする
ph. 進入伺服器

タイプする 1
v. 打字

USB をポートに
差（さ）し込（こ）む
ph. 把隨身碟插入插口

（インターネットで）
検索（けんさく）する ⓪
v. 上網搜尋

送受信（そうじゅしん）する ⓪
v. 寄／收電子信箱

保存（ほぞん）する ⓪
v. 存檔

ダウンロードする ④
v. 下載

印刷（いんさつ）する ⓪
v. 列印

Part04-1-6

● マウス 滑鼠

右（みぎ）クリックする ⓪
v. 點一下滑鼠右鍵

スクロールアップ・ダウン
ph. 滾輪滑上／下

会議室 會議室
かいぎしつ

這些應該怎麼說？

Part04-2-1

辦公室的設備

① 会議室 [0][4] n. 會議室
かいぎしつ

② ホワイトボード [5] n. 白板

⑤ 会議卓子 [4] n. 會議桌
かいぎたくし

④ 椅子 [0] n. 椅子
いす

會議室裡，常見的設備有哪些？

マイク ① | スピーカー ② | テーブルタップ ⑤
n. 麥克風 | n. 擴音機 | n. 插座

レザーポインター ④ | オーバーヘッドプロ | テレビ会議用装置 ④
n. 雷射簡報筆 | ジェクター ⑧ | n. 視訊設備
 | n. 懸掛式投影機 |

◆ **Tips** ◆

慣用語小常識：會議篇

「小田原評定」

小田原評定？

「評定」指的是日本在戰國時代時各家諸侯集合重臣，討論政治、外交等重大議題的會議。統治「小田原城」的北條家受到豐臣秀吉率領大軍圍攻，為了要決定是戰還是和而招開了會議，但重臣們意見分歧，耗費長時間，仍難以下決定。小田原城最後被豐臣大軍攻下，「小田原評定」一事也傳開來，被用來比喻「冗長，卻討論不出結論的會議」。

例 うちの会社は今日も小田原評定だよ。禿げそう。

我的公司今天又招開了小田原評定，會開的頭都快禿了。

在辦公室會做什麼呢？

... 01 会議・ミーティング 開會

Part04-2-3

● 人

1. 議長 1 ・司会 0 n. 主席
2. 出席者 0 n. 出席者
3. スピーカー 2 ・話者 1 n. 演講者
4. 発表者 n. 發言人
5. 製造業者 0 n. 廠商
6. 顧客 0 n. 客戶

● 物

7. 防音ドア 5 n. 隔音門
8. ノートブック 4 n. 筆記型電腦
9. タブレット 1 n. 平板電腦
10. レコーダー 2 n. 錄音機
11. 資料 1 n. 文件

● 社内会議の種類 公司會議的種類
　しゃないかいぎ　しゅるい

取締役会議 [8]
とりしまりやくかいぎ
n. 董事會議

テレビ会議 [4]
かいぎ
n. 視訊會議

ウェブ会議 [3]
かいぎ
n. 網路會議

チーム会議 [4]
かいぎ
n. 小組會議

セミナー [1]
n. 專題研討會

プレゼンテーション
[5]
n. 簡報

進捗状況報告会議
しんちょくじょうきょうほうこくかいぎ
[6]
n. 專案進度會議

販売会議 [5]
はんばいかいぎ
n.（大型的）銷售會議

販売コンセプト
はんばい
伝達会議 [10]
でんたつかいぎ
n. 概念性（銷售）會議

◆ Chapter2　會議室

一樣是指會議，「会議」、「協議会」、「セミナー」、「ワークショップ」有何不同？

「会議（會議；集會）」，是指人數較少，且較小型的會議，多用在公司的場合，例如：「プレゼンテーション（簡報會議）」、「プロジェクト会議（專案進度會議）」等。

「協議会（理事會、協商會）」，是指正式的大型會議，出席人數較多，通常在演講者發言完後，會開放一些時間讓出席者發問問題，或交換意見及想法。

「セミナー（研討會）」，是指學術性的專題研討會，比起「協議会」來說規模較小，「セミナー」進行中，演講者與出席者互動較多，最常見於研究所或博士班的學術研究。

「ワークショップ（研討會）」，也是指專題性的研討會，但不同於「セミナー」的是「ワークショップ」規模更小，比較偏向一種訓練課程，協助一些志同道合的人，進一步地學習更專業的技能。

例 彼は経営のワークショップに出席するために、忙しくても時間をとった。
他百忙之中抽空去參加管理訓練的研討會。

02 接待 接待客戶
せったい

Part04-2-5

接待客戶基本流程有哪些呢？

空港に迎えに行く
くうこう むか い
ph. 接機

宿泊先を予約する
しゅくはくさき よやく
ph. 安排住宿

挨拶する ①
あいさつ
v. 寒暄

握手する ①
あくしゅ
v. 握手

名刺交換する
めいしこうかん
v. 交換名片

自己紹介する ③
じこしょうかい
v. 自我介紹

案内する ③
あんない
v. 帶~參觀

用談する ⓪
ようだん
v. 談生意

ビジネスミーティングを開く
ひら
ph. 舉行商務會議

契約について討論する
けいやく とうろん
ph. 討論合約

契約書にサインをする
けいやくしょ
ph. 簽合約

レクリエーション活動 ⑧
かつどう
n. 娛樂活動

133

郵便局 郵局
ゆう びん きょく

Part04-3-1

這些應該怎麼說？

郵局的擺設

1. 郵便局 ゆうびんきょく 3 n. 郵局
2. サービス窓口 まどぐち 5 n. 服務窗口
3. スタンディングデスク 8 n. 填寫桌
4. 椅子 いす 0 n. 椅子

5. 営業時間 えいぎょうじかん n. 營業時間
6. 局内のショップ きょくない n. 郵局內的專賣店
7. 郵便局員 ゆうびんきょくいん 0 n. 郵局從業人員
8. 客 きゃく 0 n. 客戶

⑨ ポスター ① n. 海報

⑪ 郵便記号 ⑤ n. 郵便記號

⑩ 入金伝票に記入する ⓪

ph. 填寫存款單

Part04-3-2

會在郵局看的到的東西

郵便記号 ⑤

n. 郵便記號

郵便局 ③

n. 郵局

郵便ポスト ⑤

n. 郵筒

郵便配達員 ⑤

n. 郵差

◆ **Tips** ◆

成語小常識：郵件篇

便りが無いのは良い便り

「沒郵件就是好郵件」？

「便り」指的是消息、信件，那麼照字面「便りが無いのは良い便り」就是「沒消息就是好消息」，涵義是因為發生了什麼大事必然會送來消息，那麼沒消息就是代表一切平安了。

用詞比較艱深的講法是「無沙汰は無事の便り」，「無沙汰」就是久未連絡的意思。英文也有同意的俚語：No news is good news.

例 そんなに心配するな。無沙汰は無事の便りだ。

別那麼擔心，沒消息就是好消息。

···01 郵便 郵寄
ゆうびん

Part04-3-3

◗ 常做的事有哪些？

小包を受取る
こづつみ　うけと
ph. 領包裹

小包を送る
こづつみ　おく
ph. 郵寄包裹

小包を包装する
こづつみ　ほうそう
ph. 打包包裹

書留郵便を送る
かきとめゆうびん　おく
ph. 寄掛號郵件

書留郵便を受取る
かきとめゆうびん　うけと
ph. 領掛號郵件

手紙に封をする
てがみ　ふう
ph. 密封信件

「ラッピングエリア（包裹封裝區）」裡，常見的東西有哪些？日文怎麼說？

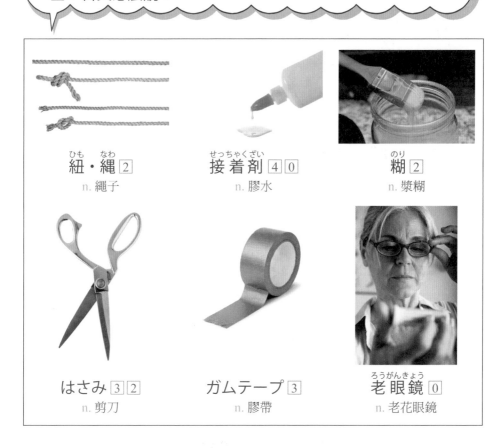

ひも なわ
紐・縄 2
n. 繩子

せっちゃくざい
接着剤 4 0
n. 膠水

のり
糊 2
n. 漿糊

はさみ 3 2
n. 剪刀

ガムテープ 3
n. 膠帶

ろうがんきょう
老眼鏡 0
n. 老花眼鏡

◆ Chapter3
郵局

137

「限時郵件」和「限時掛號」日文應該怎麼說呢？

「限時郵件」的日文就是「**速達郵便**（そくたつゆうびん）」、「限時掛號」也就是「**速達書留郵便**（そくたつかきとめゆうびん）」喔！

例 彼女（かのじょ）は社長（しゃちょう）の速達書留郵便（そくたつかきとめゆうびん）を郵便局（ゆうびんきょく）に出（だ）しに行（い）った。

她去郵局幫老闆寄限時掛號。

Part04-3-5

在郵局可以購買到哪些商品呢？

封筒（ふうとう）⓪
n. 信封

葉書（はがき）⓪
n. 明信片

切手（きって）⓪
n. 郵票

ボール箱（ばこ）⓪③
n. 紙箱

郵便ギフト券（ゆうびん けん）⑤
n. 郵政禮券

宛名付き封筒（あてなつき ふうとう）⑥
n.（已寫好地址的）
回郵信封

你知道嗎？ ▶▶▶▶▶▶▶▶▶▶▶▶▶▶

郵件的種類

無論在國內外，當「中央郵便局（郵政總局）」收到郵件時，都會先將郵件分類，例如在日本，會先將郵件分類成「第一種郵便」到～「第四種郵便」郵件，「第一種郵便」是「手紙（信件）」、「第二種郵便」是「はがき（明信片）」、「第三種郵便」是「新聞（報紙）」、「雜誌（雜誌）」之類的「定期刊行物（定期出版的書物）」，最後「第四種郵便」是「通信教育や盲人用の郵便物（通信教育或盲人用的郵件）」；另外，「第一種郵便」和台灣郵件的分類大同小異，除了有國內、外之分以外，還細分為「普通郵便（一般郵件）」、「書留郵便（掛號郵件）」和「速達郵便（限時郵件）」。

例 東京まで書留郵便で送るには、料金はいくらですか。

寄到東京的掛號郵件需要多少錢呢？

銀行 銀行
ぎん こう

Part04-4-1

這些該怎麼說？

銀行的設備

1	サービスカウンター ⑤ n. 服務台		**4**	電子看板 ⑤ n. 數位看板 でんしかんばん
2	窓口 ② n. 交易櫃台 まどぐち		**5**	客 ⓪ n. 客戶 きゃく
3	待機所 ⓪ n. 等候區 たいきじょ		**6**	銀行員 ⓪ n. 銀行服務員 ぎんこういん

⑦ 窓口担当員 まどぐちたんとういん ⑤ n. 銀行出納員　　　⑨ 防犯カメラ ぼうはん ⑤ n. 監視器

⑧ 預金者 よきんしゃ ⓪ n. 存戶

其他常見的東西，還有哪些呢？

金庫 きんこ ①
n. 保險箱

赤色灯 せきしょくとう ⓪
n. 警鈴

貸金庫 かしきんこ ③
n. 保險櫃

通帳 つうちょう ⓪
n. 存摺

キャッシュカード ④
n. 提款卡

印鑑 いんかん ⓪③
n. 印章；印鑑

硬貨 こうか ①
n. 硬幣

番号発券機 ばんごうはっけんき ⑤
n. 抽號碼機

紙幣 しへい ①
n. 紙鈔

小銭 こぜに ⓪
n. 零錢

警備員 けいびいん ⓪
n. 警衛

現金輸送車 げんきんゆそうしゃ ⑤
n. 運鈔車

Part04-4-2

◆ Chapter4 銀行

···01 口座 銀行帳戶

こうざ

臨櫃有哪些服務作業？

● 開戶

開立帳戶時，帳戶的總類分成：「個人口座（個人帳戶）」和「共同預金口座（聯
名帳戶）」；「個人口座」是指單一個人的帳戶，所以稱之個人帳戶，「共同預
金口座」是指兩位或兩位以上、五位以下的客戶共同開立同一個帳戶，稱之「聯
名帳戶」，它需要所有開戶者的證件才能開戶，相對的，提款時也需要所有開戶
者的證明文件才能提款，減少盜領的風險。

◆ Tips ◆

生活小常識：卡片提款篇

●デビットカード VISA 金融簽帳卡

VISA 金融簽帳卡是一張可以在國外貼有
PLUS 和 VISA 標誌的自動提款機提領當地貨
幣的金融卡，不但如此，也可以當成是信用
卡在貼有 VISA 的商店刷卡，不同的是，持有
VISA 金融卡者的存款帳戶裡，需要有足夠的
錢，才能提領及刷卡。

例 彼は、クレジットカードの代わりに、デビットカードで支払った。

他用金融簽帳卡代替信用卡付款。

こうざかいせつしんせいしょ
口座開設申請書　開戶單，該怎麼填寫呢？

こうざかいせつしんせいしょ
口座開設申請書 ⓪
n. 開戶單

1. 氏名 ①　しめい　n. 姓名
2. 生年月日 ⑤　せいねんがっぴ　n. 出生日期
3. 性別 ⓪　せいべつ　n. 性別
   - 男性 ⓪　だんせい　n. 男
   - 女性 ⓪　じょせい　n. 女
4. 国籍 ⓪　こくせき　n. 國籍
5. パスポート番号　ばんごう　n. 護照號碼
6. ＩＤ番号 ⑤　ばんごう　n. 身份證號碼

7. 結婚歴 ④　けっこんれき　n. 婚姻狀況
   - 既婚 ⓪　きこん　n. 已婚
   - 未婚 ⓪　みこん　n. 未婚
   - その他 ②　た　n. 其他
8. 住所 ①　じゅうしょ　n. 居住地址
9. 連絡用住所 ⑤　れんらくようじゅうしょ　n. 通訊地址
   - 郵便番号 ⑤　ゆうびんばんごう　n. 郵遞區號
10. 本籍地 ⓪　ほんせきち　n. 戶籍地址

11. 自宅電話番号 ④　じたくでんわばんごう　n. 住家電話
12. 勤務先電話番号 ⑤　きんむさきでんわばんごう　n. 公司電話
13. 携帯電話番号 ⑤　けいたいでんわばんごう　n. 手機號碼
14. メールアドレス ④　n. 電子郵件信箱
15. 勤務先 ⓪　きんむさき　n. 服務機構
16. 役職 ⓪　やくしょく　n. 職位
17. 採用年月日 ⑤　さいようねんがっぴ　n. 到職日
18. 職業 ②　しょくぎょう　n. 職業

● 存款

如果想要「預貯金（存款）」，除了利用「CDM 入金専用ATM（自動存款機）」外，也可至臨櫃辨理存款，但辨理前需先填寫存款單。

● 「預金伝票」，該怎麼填寫呢？
よきんでんぴょう

預金伝票 4
よきんでんぴょう
n. 存款單

1. 日時 1 n. 日期
   にちじ
2. 口座番号 4 n. 帳號
   こうざばんごう
3. 口座名 4 n. 戶名
   こうざめい
4. 現金 3 n. 現金
   げんきん
5. 小切手 2 n. 支票
   こぎって
6. 小計 0 n. 小計
   しょうけい
7. 合計 0 n. 總計
   ごうけい

● 「払出し伝票」，該怎麼填寫呢？
はらいだ でんぴょう

払い出し伝票 6
はら だ でんぴょう
n. 提款單

1. 日時 1 n. 日期
   にちじ
2. 口座番号 4 n. 帳號
   こうざばんごう
3. 口座名 4 n. 戶名
   こうざめい
4. サイン 1 n. 簽名
5. 金額 0 n. 總額
   きんがく
   ▪ 円 1 n. 元
     えん
   ▪ 銭 1 n. 分
     せん

● 提款

如果想要「出金（提款）」，除了利用「ATM·現金自動預け払い機（自動提款機）」
しゅっきん　　　　　　　　　　　　　　　　　　　　　　げんきんじどうあず　ばら き
外，也可至臨櫃辦理提款，但辦理前需先填寫一張「提款單」。

● 「送金通知書（そうきんつうちしょ）」，該怎麼填寫呢？

1. 金額（きんがく）⓪ n. 金額
2. 申請者情報（しんせいしゃじょうほう）⑥ n. 申請人資料
   - 振出人の氏名（ふりだしにん しめい）⓪ ph. 匯款人姓名
   - 電話番号（でんわばんごう）④ n. 電話
   - 住所（じゅうしょ）① n. 地址
3. 受取人情報（うけとりにんじょうほう）⑦ n. 收款人資料
   - 口座番号（こうざばんごう）④ n. 帳號
   - 受取人氏名（うけとりにんしめい）⑦ n. 收款人姓名
4. 受取人取引銀行（うけとりにんとりひきぎんこう）⑦ n. 受款銀行
   - 銀行コード（ぎんこう）⑤ n. 銀行代碼
   - 銀行名（ぎんこうめい）⓪ n. 銀行名稱
5. 仲介銀行（ちゅうかいぎんこう）⑤ n. 中間銀行

送金通知書（そうきんつうちしょ）⑤

n. 匯款單

◆ Chapter4

銀行

♦ **Tips** ♦

信用卡是什麼？日文怎麼說？

「クレジットカード（信用卡）」不但能刷卡，也能用來在自動提款機提款，但是提款的部份是屬於預借現金，提領的金額是有額度的。

㉄ お支払い（しはら）はどのようになさいますか、現金（げんきん）ですか、クレジットカードですか。

你想要怎麼付款？用現金，還是用信用卡？

如何操作日文 ATM 的介面？

ATM 提款日文使用步驟：

步驟一：暗証番号を入力してください。
（請按密碼）

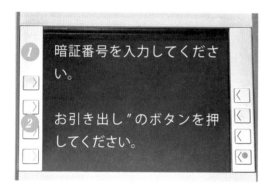

1. 暗証番号を入力してください。

   如果您的密碼少於 6 碼，請直接按
   下「確認（確定）」鍵。

步驟二："お引き出し"のボタンを押し
てください。（請按「提款」
鍵）

2. お引き出しのボタンを押してくださ
   い。 請按提款鍵。

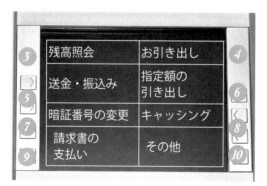

3. 残高照会 ⑤ n. 餘額查詢

4. お引き出し ⓪ n. 提款（自訂金
   額）

5. 送金 ⓪・振込み ⓪ n. 轉帳

6. 指定額の引き出し ⓪ n. 快速
   提款

7. 暗証番号変更 ⑨ n. 密碼變更

8. キャッシング ⓪ n. 信用卡預借
   現金

9. 請求書の支払い ⓪ n. 帳單付款

10. その他 ② n. 其他服務

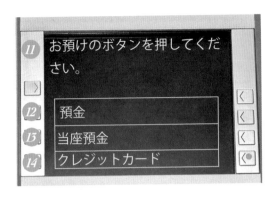

步驟三：お預(あず)けのボタンを押(お)してくださ
い。（請按「存款帳戶」鍵）

11.お預(あず)けのボタンを押(お)してください。

請按下您提領的戶頭。

12.預金(よきん) ⓪ n. 存款帳戶

13.当座預金(とうざよきん) ④ n. 活期存款

14.クレジットカード ⑥

n. 信用卡

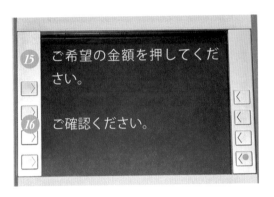

步驟四：希望(きぼう)の金額(きんがく)を押(お)す（輸入提
領金額）

15.ご希望(きぼう)の金額(きんがく)を押(お)してください。

請輸入您要（提領的）金額。

16.ご確認(かくにん)ください。

請確認。

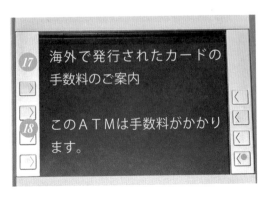

步驟五：手数料(てすうりょう)の案内(あんない)（手續費通知）

17.海外(かいがい)で発行(はっこう)されたカードの手数料(てすうりょう)
のご案内(あんない)

海外卡片（提領）手續費通知

18.このATMは手数料(てすうりょう)がかかります。

自動櫃員機將索取（金額）的手續
費。

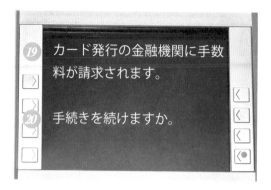

19.カード発行の金融機関に手数料が請求されます。

原金融卡發卡銀行可能也會索取手續費。

20.手続きを続けますか。

是否繼續提領？

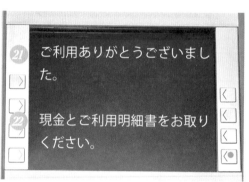

步驟六：取引完了（交易完成）

21.ご利用ありがとうございました。

很高興為您服務。

22.現金とご利用明細書をお取りください。

請取出現金和收據。

生活小常識：海外提款篇

哪些卡片可以在國外的提款機提款呢？

キャッシュカード 金融卡

用「キャッシュカード（金融卡）」在國外領錢之前，先確認金融卡背面是否有 PLUS、CIRRUS 或 MASTRO 其中一項標誌，這三種是海外跨國提款的標誌，如果提款卡上沒有任何其中一項標誌，就無法在海外提款；此外，如果已持有海外跨國金融卡者，還需事先向國內的銀行確認卡片是否已開通國外提款的功能。

例 昨夜、彼女はキャッシュカードが ATM に詰まってしまったとき、すぐに銀行のサービス部門に電話をかけた。

昨晚當她的提款卡卡在提款機裡時，她立刻就打給銀行服務中心了。

Part 5

かもの
買い物 購物

コンビニ 便利商店

Part05-1-1

便利商店的設備

① レジ ①n. 收銀機

② 陳列棚（ちんれつだな） ⑤n. 產品架

③ キオスク ②n. 便亭（專門開在車站內的便利商店品牌）

④ 店員（てんいん） ⓪n. 店員

⑤ 雑誌（ざっし） ⓪n. 雜誌

⑥ タバコ ⓪n. 香煙

⑦ タッチパネルモニター ⑦n. 觸碰式螢幕

⑨ 自動ドア（じどう）④ n. 自動門

⑩ コーヒーメーカー ⑤ n. 咖啡機

⑪ 給湯器（きゅうとうき）⓪ n. 熱水供應機

⑫ デリカテッセンコーナー ⑧

　n. 熟食櫃

⑬ ストロー ② n. 吸管

⑭ 砂糖袋（さとうぶくろ）④ n. 糖包

⑮ 防犯カメラ（ぼうはん）⑤ n. 監視器

⑯ ホットドッグマシン ⑦

　n. 熱狗加熱滾輪機

◆ **Tips** ◆

慣用語小常識：商店篇

暖簾に腕押し（のれん　うでお）

「用手推暖簾」？

「暖簾（暖簾）（のれん）」是一種專門掛在商店大門前的短門簾，用途在於表示商店正在營業，打烊的時候就會收起來。「腕押し（うでお）」一般解釋為用手推，暖簾就只是幾塊布，用手一推也只會掀起來，所以「暖簾に腕押し（のれん　うでお）」也被用來形容做事沒有效果、徒勞無功。

例 彼に何を言っても暖簾に腕押しで、どうしようもない。
（かれ　なに　い　　　　　　のれん　うでお）

跟他講什麼都沒用，沒有辦法。

•••01— 商 品 商品
しょうひん

Part05-1-2

貨架上的常見的商品有哪些呢？

● 零食區

1. ポテトチップ [4] n. 洋芋片

2. プレッツェル [2] n. 椒鹽卷餅

3. トルティーヤチップス [6]
   n. 墨西哥玉米片

4. チーズパフ [4] n. 起司泡芙餅

5. 飴玉 [0] n. 硬糖
   あめだま

6. グミ [0] ・ソフトキャンディ [4] n. 軟糖

7. ペロペロキャンディ [5] n. 棒棒糖

8. チョコレートバー [7] n. 巧克力棒

9. チョコレートキャンディ [7] n. 裹糖巧克力

● 飲料冷藏櫃

10. ジュース [1] n. 果汁

11. 茶[ちゃ] [0] n. 茶

12. 炭酸水[たんさんすい] [3] n. 汽水

13. コーラ [1] n. 可樂

14. ミネラルウォーター [5] n. 礦泉水

15. スポーツドリンク [6] n. 運動飲料

16. ビール [1] n. 啤酒

17. ワイン [1] n. 酒

● 書刊類

18. 週刊誌[しゅうかんし] [3] n. 周刊

19. スポーツ雑誌[ざっし] [5] n. 運動雜誌

20. パソコン雑誌[ざっし] [5] n. 電腦雜誌

21. 写真週刊誌[しゃしんしゅうかんし] [4] n. 寫真週刊誌

● 文具架

22. コンパス [1] n. 圓規

23. クリップ [1][2] n. 迴紋針

24. バインダークリップ [6] n. 長尾夾

25. 消しゴム[け] [0] n. 橡皮擦

26. ボールペン [0] n. 原子筆

27. 付箋[ふせん] [0] n. 便利貼

28. ファイル [1] n. 文件夾

29. ホッチキス [1] n. 釘書機

常見的冰櫃有哪些呢？

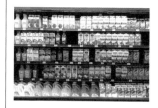

オープンケース 5
n. 開放性冰櫃

リーチインショーケース 6
n. 冷藏櫃

アイスクリームフリーザー 8
n. 冰淇淋冷凍櫃

••• 02 かいけい
会計 結帳

Part05-1-4

結帳時會做的事有哪些？

コーヒーを買う
ph. 買咖啡

電子レンジで加熱する
ph. 微波加熱

IC カードにチャージする
ph. 加值ＩＣ卡

（公共）料金を払う
ph.（水、電、瓦斯）
　　繳帳單

小包を受け取る・
送る
ph. 取 / 寄貨

勘定・支払いをする
ph. 結帳

常用的句子

1. 温めますか。　要加熱嗎？

2. 温めてもらえますか。　可以幫我加熱嗎？

3. ホットチョコレートを一杯お願いします。　我想要一杯熱巧克力。

4. コーヒーでございます。　這是您的咖啡。

5. こちらでお支払いをお願いします。　這邊可以幫您結帳。

6. おつりとレシートでございます。　這是找給您的零錢和收據。

7. レジ袋、もしくは紙袋をご利用ですか。　你要用塑膠袋裝，還是用紙袋裝？

8. 申し訳ございません。在庫切れでございます。　對不起，我們缺貨囉。

9. 小包を受け取りに来ました。　我要取貨。

10. 小包を送りたいのですが。　我要寄包裹。

スーパー 超市

Part05-2-1

這些應該怎麼說？

超市的擺設

① レジ係 がかり 3 n. 收銀員

② レジスター 2 3 n. 收銀台

③ 食料雑貨品 しょくりょうざっかひん 5 n. 雜貨

④ ディバイダー 2 n.
間隔棒（隔開顧客與顧客購買的商品）

⑤ 買物袋 かいものぶくろ 5・レジ袋 ぶくろ 3 n. 購物袋

⑥ ラック 1 n. 商品架

⑦ マイク 1 n. 麥克風

⑧ レジドロワー ③ n. 櫃台裝錢的抽屜　　⑩ ベルトコンベアー ④

⑨ 振動ゲート ⑤ n. 超市旋轉門　　　　　　n. 輸送帶
　　しんどう

Part05-2-2

◆ Chapter2
超市

超市裡常見的東西，還有哪些呢？

ショッピングカート ⑦

n. 購物車

会員証 ⓪・
かいいんしょう
会員カード ⑤
かいいん

n. 會員卡

バーコード ③

n. 條碼

バーコードリーダー ⑥・バーコードスキャナー ⑦

n. 條碼掃描器

クーポン ①

n. 折價券

レシート ②

n. 收據

試食品 ④
ししょくひん

n. 免費試吃品

加工食品 ④
かこうしょくひん

n. 包裝食品

157

◆ **Tips** ◆

生活小常識：菠菜篇

你知道菠菜的日文嗎？「**ホウレンソウ**（菠菜）」屬於「莧科」植物，中國有種菜長像類似菠菜，而且也和菠菜一樣都是屬於莧科類植物，日文稱它為「**ヨウサイ**（中國菠菜）」，在台灣我們稱它為「莧菜」或是「空心菜」，和菠菜一樣都含有豐富的膳食纖維和粗纖維喔！

例 子どもは、ポパイと同じくらい強くなるために、ホウレンソウをたくさん食べた。

我兒子吃了很多菠菜，想讓自己像大力水手一樣強壯。

在超級市場會做什麼呢？

···01 食材 しょくざい 食材

常見的食材，日文怎麼說？

Part05-2-3

● 野菜 蔬菜類
やさい

1. にんにく 0 n. 大蒜	*9.* にんじん 0 n. 胡蘿蔔
2. へちま 0 n. 絲瓜	*10.* カリフラワー 4 n. 白色花椰菜
3. 赤ピーマン 3 n. 紅椒	*11.* はくさい 3 0 n. 大白菜
4. きゅうり 1 n. 黃瓜	*12.* トマト 1 n. 番茄
5. 赤トウガラシ 3 n. 紅辣椒	*13.* トウガラシ 3 n. 綠辣椒
6. 黃ピーマン 2 n. 黃椒	*14.* ピーマン 1 n. 青椒
7. たまねぎ 3 n. 洋蔥	*15.* ムラサキキャベツ 5 n. 紫甘藍
8. じゃがいも 0 n. 馬鈴薯	*16.* ミニトマト 3 n. 小番茄

159

17. レタス[1] n. 萵苣

18. キャベツ[1] n. 高麗菜

19. キュウリ[1] n. 大黄瓜

20. エンドウマメ[3] n. 豌豆

21. グリーントマト[5] n. 緑番茄

22. ベニハナインゲン[5] n. 花豆

23. アボカド[0] n. 酪梨

24. コリアンダー[3]・パクチー[1] n. 香菜

25. ロマネスコ[0] n. 羅馬花椰菜（佛頭花椰菜）

26. ハーブ[1] n. 香草

27. ズッキーニ[3] n. 美洲南瓜（西葫蘆）

28. アーティチョーク[4] n. 朝鮮薊

29. ブロッコリー[2] n. 緑花椰

30. なすび ⬚1 n. 茄子

31. エンドウマメ ⬚4 n. 荷蘭豆

32. シログワイ ⬚0 n. 荸薺

33. ハツカダイコン ⬚4 n. 小蘿蔔

34. テンサイ ⬚0 n. 甜菜根

35. バターナッツスクワッシュ ⬚7
    n. 冬南瓜

36. マッシュルーム ⬚4 n. 蘑菇

37. 赤たまねぎ ⬚3 n. 紫洋蔥
   （あか）

38. とうもろこし ⬚3 n. 玉米

39. ねぎ ⬚1 n. 青蔥

40. セロリ ⬚1 n. 芹菜

41. さつまいも ⬚0 n. 地瓜

42. しょうが ⬚0 n. 薑

43. オリーブ ⬚2 n. 橄欖

44. フェンネル [1] n. 茴香

45. かぼちゃ [0] n. 南瓜

46. チンゲンサイ [3] n. 青江菜

47. 豆 [2] n. 豆子
    まめ

● フルーツ 水果類

◆Chapter2 超市

1. パッションフルーツ $\boxed{6}$ n. 百香果
2. フェイジョア $\boxed{1}$ n. 斐濟果
3. オレンジ $\boxed{2}$ n. 柳丁
4. 白ブドウ $\boxed{3}$ n. 白葡萄
5. グレープフルーツ $\boxed{6}$ n. 葡萄柚
6. ミカン $\boxed{1}$ n. 橘子
7. リンゴ $\boxed{0}$ n. 蘋果
8. ブルーベリー $\boxed{4}$ n. 藍莓
9. クワノミ $\boxed{0}$ n. 桑椹

10. ココナッツ $\boxed{1}\boxed{3}$ n. 椰子
11. サクランボ $\boxed{0}$ n. 櫻桃
12. アンズ $\boxed{0}$ n. 杏桃
13. ラズベリー $\boxed{3}\boxed{1}$ n. 覆盆子
14. イチゴ $\boxed{0}\boxed{1}$ n. 草莓
15. キウイフルーツ $\boxed{5}$ n. 奇異果
16. スバイモモ $\boxed{4}$ n. 甜桃（玫瑰桃）
17. バナナ $\boxed{1}$ n. 香蕉
18. マンゴー $\boxed{1}$ n. 芒果

163

19. パパイア ② n. 木瓜	*26.* バンレイシ ③ n. 釋迦
20. ドリアン ① n. 榴連	*27.* パイナップル ③ n. 鳳梨
21. ランブータン ③ n. 紅毛丹	*28.* ブドウ ⓪ n. 葡萄
22. ブンタン ⓪ n. 柚子	*29.* マンゴスチン ③ n. 山竹
23. リュウガン ⓪ n. 龍眼	*30.* メロン ① n. 哈蜜瓜
24. グアバ ① n. 芭樂	*31.* ドラゴンフルーツ ⑤ n. 火龍果
25. ローゼル ① n. 洛神花	*32.* ナシ ② ⓪ n. 水梨

33. 桃（もも）0 n. 水蜜桃

34. ライム 1 n. 萊姆

35. ザクロ 1 n. 石榴

36. プラム 1 n. 李子

37. 西瓜（すいか）0 n. 西瓜

38. 青（あお）りんご 3 n. 青蘋果

39. 西洋梨（せいようなし）3 n. 西洋梨

在台灣，最常見的水果有哪些呢？日文怎麼講？

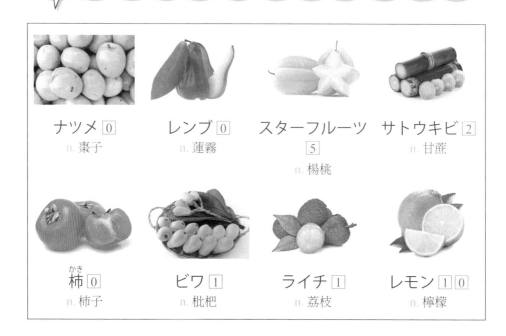

ナツメ ⓪
n. 棗子

レンブ ⓪
n. 蓮霧

スターフルーツ
5
n. 楊桃

サトウキビ ②
n. 甘蔗

<ruby>柿<rt>かき</rt></ruby> ⓪
n. 柿子

ビワ ①
n. 枇杷

ライチ ①
n. 荔枝

レモン ①⓪
n. 檸檬

♦ **Tips** ♦

成語小常識：超市篇

<ruby>千<rt>せん</rt>金<rt>きん</rt></ruby>を<ruby>買<rt>か</rt></ruby>う<ruby>市<rt>いち</rt></ruby>あれど<ruby>一<rt>ひと</rt>文<rt>も</rt>字<rt>じ</rt></ruby>を<ruby>買<rt>か</rt></ruby>う<ruby>店<rt>みせ</rt></ruby>なし

「有能花上千金的店，沒有買的到一個文字的店」？

天下有賣著各式各樣昂貴物品的店，但是沒有買的到文字的店，也就是說要識字只能靠自己學，沒辦法花錢解決，延伸為學問只能靠自己努力的意思。

例 <ruby>勉<rt>べん</rt>強<rt>きょう</rt></ruby>は<ruby>自<rt>じ</rt>分<rt>ぶん</rt></ruby>で<ruby>頑<rt>がん</rt>張<rt>ば</rt></ruby>れ、<ruby>千<rt>せん</rt>金<rt>きん</rt></ruby>を<ruby>買<rt>か</rt></ruby>う<ruby>市<rt>いち</rt></ruby>あれど<ruby>一<rt>ひと</rt>文<rt>も</rt>字<rt>じ</rt></ruby>を<ruby>買<rt>か</rt></ruby>う<ruby>店<rt>みせ</rt></ruby>なし、だ。

書要自己讀，花錢也買不到的。

● <ruby>肉<rt>にく</rt></ruby> 肉類

ビーフ①・<ruby>牛肉<rt>ぎゅうにく</rt></ruby>⓪
n. 牛肉

ポーク①・<ruby>豚肉<rt>ぶたにく</rt></ruby>⓪
n. 豬肉

ダック①・<ruby>鴨肉<rt>かもにく</rt></ruby>⓪
n. 鴨肉

チキン②①・<ruby>鳥肉<rt>とりにく</rt></ruby>⓪
n. 雞肉

ラム<ruby>肉<rt>にく</rt></ruby>⓪
n. 羊肉

ターキー①
n. 火雞肉

<ruby>卵<rt>たまご</rt></ruby>②⓪
n. 雞蛋

リブロース③
n. 肋排

ヒレ<ruby>肉<rt>にく</rt></ruby>②
n. 里肌肉

<ruby>ばら肉<rt>にく</rt></ruby>②⓪
n. 五花肉

ステーキ②
n. 牛排

ポークチョップ④
n. 豬排

肩ロース [3]
n. 梅花肉

ハム [1]
n. 火腿

ソーセージ [1][3]
n. 香腸

ベーコン [1]
n. 培根

鶏手羽肉 [3]
n. 雞翅

鶏の尻肉 [0]
np. 雞屁股

チキンレッグ [4]
n. 大雞腿

チキンドラム肉 [4]
n. 小雞腿

ミンチ [1]
n. 絞肉

田麩 [1]
n. 肉鬆

ジャーキー [1]
n. 肉乾

● 魚介類 海鮮
<small>ぎょかいるい</small>

1. マグロ ⓪ n. 鮪魚	*8.* カニ ⓪ n. 螃蟹
2. サーモン ① n. 鮭魚	*9.* ロブスター ② n. 龍蝦
3. ムラサキガイ ④ n. 淡菜	*10.* ザリガニ ⓪ n. 小龍蝦
4. 赤ティラピア ③ n. 紅尼羅魚 <small>あか</small>	*11.* アジ ① n. 竹筴魚
5. エビ ⓪ n. 蝦子	*12.* キダイ ① n. 赤翅仔（黃鰭鯛）
6. カキ ① n. 牡蠣；蠔	*13.* タコ ① n. 章魚
7. カニの爪 ⓪ n. 蟹足 <small>つめ</small>	

● 缶詰め 罐頭食品

Part05-2-8

缶詰フルーツ ⑤
n. 水果罐頭

缶詰 ③④・**瓶詰ピク
ルス** ⑤
n. 醃製黃瓜罐

缶詰スープ ⑤
n. 料理湯罐頭

缶詰ソース ⑤
n. 醬料罐頭

缶詰キャットフード
⑤
n. 貓罐頭

缶詰ドッグフード ⑤
n. 狗罐頭

···02 生活用品 生活用品

Part05-2-9

◀ **常見的生活用品有哪些呢？**

● 日用品 個人用品

歯磨き粉 ⑤
n. 牙膏

トイレットペーパー
⑥
n. 衛生紙

シャンプー ①
n. 洗髮精

ヘアーコンディショナー ④

n. 潤髪乳

シャワージェル ④

n. 沐浴乳

シェービングクリーム ⑦

n. 刮鬍泡 / 膏

せいりよう
生理用ナプキン ⑥

n. 衛生棉

おりものシート ⑤

n. 衛生護墊

せっけん
石鹸 ⓪

n. 肥皂

Part05-2-10

● そうじようひん
掃除用品 清潔用品

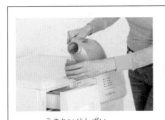

えきたいせんざい
液体洗剤 ⑤

n. 洗衣精

ふんまつせんざい
粉末洗剤 ⑤

n. 洗衣粉

しょっきせんざい
食器洗剤 ④

n. 洗碗精

魚市場 魚市場
うおいちば

Part05-3-1

これ怎麼說？

魚市場的配置

① 屋台 ⟨やたい⟩ 1 n. 路邊攤

② 魚屋の店員 ⟨さかなや てんいん⟩ 0 n. 鮮魚商店的店員

④ 発泡スチロール箱 ⟨はっぽう はこ⟩ 7 n. 保麗龍箱

⑤ ターレットトラック 6 n. 轉叉式堆高機

魚市場可以看到什麼？

なかがいしょう
仲買商 5
n. 盤商

き み
切り身 3
n. 魚塊、肉塊

かいたい
マグロの解体
ph. 鮪魚分切

ねふだ
値札 0
n. 價格標籤

や
すし屋 0
n. 壽司店

はまや
浜焼き 0
n. 濱燒（現烤海鮮）

ブロック 2
n. 魚塊

かぶと 1
n. 魚頭

はま
浜ゆで 0
n. 現撈川燙

たんざく
短冊 0 4
n. 魚磚

だ ま や
出し巻き屋 5
n. 高湯蛋捲店

はらみ
マグロ腹身 4
n. 鮪魚腹肉

なかがいにん
仲買人 0
n. 盤商

せ
競り 2
n. 拍賣

ぎょうれつてん
行列店 0
n. 排隊店

どんぶりや
丼屋 0
n. 蓋飯店

◆ Chapter3
魚市場

173

魚市場的一天

漁夫在夜間、或是黎明前開著漁船出海捕魚，在天亮時回到港口。捕來的魚，由「**漁業組合**（漁會）」的人分類成可以送到市場，或是用作「**缶詰**（罐頭）」等加工的魚之後，分別出貨。	
下午5點，載運著魚的「**トラック**（卡車）」集中在市場。送來的魚由批發商接收，放在自己的賣場。	
凌晨3點，人們逐漸聚集在批發商的賣場。這些人稱為中盤商，是來競標魚貨回去的人們。先看好魚的狀況，決定價格，準備「**セリ**（拍賣）」。	
凌晨5點，開始拍賣。回應賣手的「**セリ人**（拍賣人）」的呼喊，中盤商以手指表示價格。出價最高的人可以買到這些魚。	
早上7點，中盤商開始準備營業。	
早上8點，街上的鮮魚店或餐廳來買魚。	

早上 11 點，閉店。

•••01 海の幸 海鮮
うみ　さち

Part05-3-3

我們平常會吃的海鮮有哪些？

鯛 [1]
たい
n. 鯛魚

ハマチ [0]
n. 青魽（鰤魚）

サーモン [1]
n. 鮭魚

ふぐ [1]
n. 河豚

イクラ [0][1]
n. 鮭魚卵

貝柱 [3]
かいばしら
n. 帆立貝柱
（鮮干貝）

大トロ [0]
おお
n. 鮪魚大腹

鯖 [0]
さば
n. 青花魚

中トロ [0]
ちゅう
n. 鮪魚中腹

マグロ [0]
n. 鮪魚

えび [0]
n. 蝦

かつお [0]
n. 鰹魚

175

バフンウニ ④②
n. 馬糞海膽

たこ ①
n. 章魚

ホッキ貝（がい） ③
n. 北寄貝

さんま ⓪
n. 秋刀魚

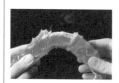

かに ⓪
n. 螃蟹

あさり ⓪
n. 海瓜子

伊勢えび（いせ） ②
n. 日本龍蝦

イカ ⓪
n. 烏賊

Part05-3-4

海鮮類的各種料理方式

フライ ⓪②
n. 油炸

南蛮漬け（なんばんづ） ⓪
n. 南蠻漬

蒲焼（かばやき） ⓪
n. 蒲燒

干物（ひもの） ③⓪
n. 魚乾

たたき ③
n. 稲草燒

てんぷら ⓪
n. 天婦羅

スパゲッティ ③
n. 義大利麵

かき揚げ（あ） ⓪
n. 炸什錦

しおから
塩辛 ③④
n. 醃漬魷魚

ゆ び
湯引き ③
n. 湯霜（開水生燙）

なべ
鍋 ①
n. 火鍋

シチュー ②⓪
n. 燉菜

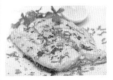

ムニエル ①
n. 奶油煎魚

や ざかな
焼き魚 ③
n. 烤魚

しおゆ
塩茹で ⓪
n. 鹽水煮

や
つぼ焼き ⓪
n. 壺燒

にっ
煮付け ⓪
n. 滷味

ブイヤベース ④
n. 馬賽魚湯（法
語:bouillabaisse）

す づ
酢漬け ⓪③
n. 醋醃

かまぼこ ⓪
n. 魚板

さしみもり
刺身盛 ⓪
n. 綜合生魚片

ふなもり
舟盛 ⓪②
n. 海鮮船

みそしる
味噌汁 ③
n. 味噌湯

つけあげ ⓪
n. 炸魚漿（甜不辣、
天婦羅）

すし ②①
n. 壽司

どんぶり ⓪
n. 蓋飯

ちくわ ⓪
n. 竹輪

商店街 しょうてんがい 商店街

Part05-4-1

這些該怎麼說？

日本商店街的風景

1 アーケード 3 1 n. 拱廊

2 テナント 0 n. 店面

3 フラッグ 2 n. 廣告

4 舗道 ほどう 0 n. 人行道

5 自転車 じてんしゃ 2 0 n. 自行車

生活小常識：商店街在哪裡？

商店街是有許多商店集中的地方，大多位於車站附近、住宅區密集的地方，或是有歷史的大道。也有在建築物內的商店街或是地下街。

01 商店街観光 逛商店街
しょうてんがいかんこう

Part05-4-2

◆ Chapter4 商店街

▶ 商店街的入口常有設置拱門和裝飾性的街燈

アーチ 1

n. 拱門

街路灯 0
がいろとう

n. 街燈

▶ 商店街一定會有的三種店

八百屋 0
やおや

n. 蔬果店

肉屋 2
にくや

n. 肉店

魚屋 0
さかなや

n. 鮮魚店

生活小常識：商店街篇

由於少子化和網路販賣的普及，日本較偏遠的地方常可見到陷入如下圖的狀況的商店街。就算開店也是「**開店休業**（かいてんきゅうぎょう）（開店停業，沒有客人來所以開店跟閉店都沒差的狀況）」，所以乾脆不開，這種樣子的商店街稱為「シャッター通り（どお）（鐵捲門街）」。

例 賑（にぎ）やかだった実家付近（じっかふきん）の商店街（しょうてんがい）も今（いま）やシャッター通り（どお）。

以前很熱鬧的老家附近的商店街現在也成鐵捲門街了。

最近的商店街常見的店

スターバックス ④

n. 星巴克

マッサージ店（てん）⓪

n. 按摩店

スーパー ①

n. 超市

コンビニエンスストア ⑧

n. 便利商店

一般商店街都會有的店

駄菓子屋 [0]
だ が し や

n. 零食店

総菜屋 [0]
そうざいや

n. 小吃店

煎餅屋 [0]
せんべいや

n. 仙貝店

果物屋 [0]
くだものや

n. 水果店

ケーキ屋 [0]
や

n. 蛋糕店

喫茶店 [3] [0]
きっさてん

n. 咖啡廳

おもちゃ屋 [0]
や

n. 玩具店

靴屋 [2]
くつや

n. 鞋店

薬屋 [0]
くすりや

n. 藥房

ブティック [1] [2]

n. 服裝店

お茶屋 [0]
ちゃや

n. 茶館

本屋 [1]
ほんや

n. 書店

漬物屋 [0]
つけものや

n. 漬物店

パン屋 [1]
や

n. 麵包店

弁当屋 [0]
べんとうや

n. 便當店

中華料理店 [4]
ちゅうかりょうりてん

n. 中華料理店

◆ Chapter4
商店街

··· 02 イベント 活動

為了振興地區經濟，商店街的店主們會依季節合辦一些活動

1月	8月	10月	12月
もち たいかい 餅つき大会 5	なつまつ 夏祭り 3	ハロウィン 0	セール 1 ・
n. 搗年糕大會	n. 夏季祭典	n. 萬聖節	ちゅうせんかい 抽選会 0 n. 大減價、抽獎

你知道嗎？　▶ ◀ ▶ ▶ ▶ ▶ ▶ ▶ ▶ ▶ ▶ ▶ ▶

日本商店街辦活動時會看到的這個木箱是什麼東西？

就算沒去過日本的人，可能也有在各式各樣的日劇或是動畫裡面看過這樣的八角形木箱。這一種「<ruby>抽選器<rt>ちゅうせんき</rt></ruby>（抽籤器）」正式名稱為「<ruby>新井式回転抽選器<rt>あらいしきかいてんちゅうせんき</rt></ruby>（新井式迴轉抽籤器）」，如其名是一位姓「<ruby>新井<rt>あらい</rt></ruby>」的帽商的發明，至今已有接近百年的歷史，但就算是日本人也有很多人不知道這個東西到底叫什麼，而使用更為有名俗稱「ガラポン」或「ガラガラ」。

這個器具的用法是先抓住側面的把手來轉動整個箱子，直到裡面的小球從木箱上的洞裡掉出來，再依照球體的顏色決定有沒有中獎。雖然在商店街最常看到，但也有可能出現在別的旅館、或是任何地方的抽獎活動之中，有機會的話不妨去試試手氣。

1. クレジットカード [6] n.

   信用卡

2. ノートパソコン [0] n.

   筆記型電腦

「電子商店街（電子商店街）」
でんししょうてんがい
是一種購物網站的形式，特徵是
從個人到大公司都可以在上面
開店。消費者先用「パソコン（個
人電腦）」或「スマートフォン（智慧型手機）」瀏覽電子商店街，在網站上訂購
商品後會在指定的時間送到指定的地方。
付錢方式有信用卡付款、便利商店付款、「代金引換（貨到付款）」等各種方式
だいきんひきかえ
供選擇。

在日本網購

日本最知名的電子商店街为「アマゾン
（AMAZON）」，除此之外還有「楽天（樂
らくてん
天）」跟「メルカリ（mercari）」，在日本
生活時可說是必備的知識。

1. 「アマゾン」：美國公司，不只在日本，
   在全球皆享有高知名度的網購龍頭。販
   賣的商品可說是什麼都有，部分商品也

可以寄到台灣。有時遇到了寄送遲延的情況時，日本網友會自嘲碰到了「こ
のざま（這個慘樣）」；是把「AMAZON」反過來講、再加上「KO」形成
「KONOZAMA」造出來的一種網路流行語。

2. 「楽天（らくてん）」：日本原產的購物網站，一樣也是什麼都賣的大型購物網站。其公司還涉及網路銀行、網路彩卷等等服務，在台灣也看的到其蹤跡。2019 年買下了台灣職棒的桃猿隊，目前稱為樂天桃猿。

3. 「メルカリ」：以網路拍賣聞名的日本公司，任何人用專用的手機程式就可以在其網站上開店，也不需要證明自己的身分，使用的門檻很低，因此也有很多缺德的業者。2020 年新型冠狀病毒肆虐之時其網上就出現了很多人高價拍賣口罩，趁火打劫。

◆ Tips ◆

生活小常識：電腦當機篇

電腦當機的狀況，大致上可以分成兩種：一種是螢幕上的畫面突然停格，呈現靜止狀態，動也動不了，這樣當機日文稱為「フリーズする」或是「固（かた）まる」；另一種當機的狀態則是螢幕的畫面突然變成黑色、呈現沒有任何畫面的狀態，這樣的當機日文稱為「強制終了（きょうせいしゅうりょう）」或「クラッシュする」、「落（お）ちる」。

例 山田（やまだ）さんがレポートを作成（さくせい）していた時（とき）に、コンピュータが 強制終了（きょうせいしゅうりょう）した。

當山田在打報告時，她的電腦當機了。

Part 6
いんしょく
飲食 飲食

日本の飲食店 日式餐廳

にほん いんしょくてん

Part06-1-1

這些應該怎麼說？

壽司店擺設

1	職人 しょくにん ⓪ n. 師傅	**5**	白衣 はくい ① n. 白衣
2	ネタケース ③ n. 食物保鮮櫃	**6**	和帽子 わぼうし ⓪ n. 和帽子
3	つけ台 だい ⓪ n. 壽司台	**7**	のれん ⓪ n. 暖簾
4	カウンター ⓪ n. 櫃台	**8**	招き猫 まね ねこ ④ n. 招財貓

⑨ 醬油 しょうゆ ⓪ n. 醬油　　⑪ 巻きずし ま ⓪ n. 壽司卷

⑩ にぎりずし ③ n. 握壽司　　⑫ しょうが ⓪ n. 薑

••• ⓪1 寿司 すし 壽司

Part06-1-2

▶ 壽司種類有什麼呢？

まぐろ ⓪
n. 鮪魚

はまち ⓪
n. 鰤魚

たい ①
n. 鯛魚

たこ ①
n. 章魚

いか ⓪
n. 花枝

えび ⓪
n. 蝦子

さば ⓪
n. 鯖魚

とろ ①
n. 鮪魚肚

サーモン ①
n. 鮭魚

あなご ⓪
n. 星鰻

かいばしら
貝柱 ③
n. 貝柱

たまご ② ⓪
n. 蛋

ぐんかんま
軍艦巻き ⓪
n. 軍艦捲

ま ずし
巻き寿司 ②
n. 壽司捲

ぼうずし
棒寿司 ⓪
n. 棒壽司

ずし
いなり寿司 ③
n. 豆皮壽司

手<ruby>巻<rt>ま</rt></ruby>き<ruby>寿司<rt>ずし</rt></ruby> 4
n. 手巻

<ruby>押<rt>お</rt></ruby>し<ruby>寿司<rt>ずし</rt></ruby> 0 2
n. 壓壽司

<ruby>助六<rt>すけろく</rt></ruby> 0
n. 助六壽司

<ruby>回転寿司<rt>かいてんずし</rt></ruby> 3
n. 迴轉壽司

壽司的作法

まとめる 1
v. 搓（米飯）

つける 2
v. 沾（芥末）

<ruby>乗<rt>の</rt></ruby>せる 0
v. 放上（配料）

<ruby>握<rt>にぎ</rt></ruby>る 2
v. 握

◆ Tips ◆

慣用語小常識：壽司篇

すしを<ruby>押<rt>お</rt></ruby>し<ruby>付<rt>つ</rt></ruby>けたよう
「像在壓壽司」？

做壓壽司時必須用力壓，這句話是用來形容
人太多，擠的自己好像變成壓壽司了。還有
一個慣用語「<ruby>芋<rt>いも</rt></ruby>の<ruby>子<rt>こ</rt></ruby>を<ruby>洗<rt>あら</rt></ruby>う（洗芋頭）」也是
這個意思。

例 <ruby>夕方<rt>ゆうがた</rt></ruby> 5 <ruby>時<rt>じ</rt></ruby>になると、この<ruby>橋<rt>はし</rt></ruby>はすしを<ruby>押<rt>お</rt></ruby>し<ruby>付<rt>つ</rt></ruby>けたように<ruby>渋滞<rt>じゅうたい</rt></ruby>する

一到了下午五點，這座橋會擠得像做壓壽司一樣。

02 ラーメン 拉麵

Part06-1-4

拉麵店擺設

1 厨房 ちゅうぼう ⓪ n. 厨房

2 中華鍋 ちゅうかなべ ④ n. 炒鍋

3 カウンター ⓪ n. 櫃台

4 ラーメン屋 や ① n. 拉麵店

5 ティッシュ ① n. 衛生紙

6 のれん ⓪ n. 暖簾

7 調味料 ちょうみりょう ③ n. 調味料

8 寸胴鍋 ずんどうなべ ⓪ n. 高湯鍋

9 ゆで麺機 めんき ⓪ n. 煮麵機

10 キッチンポット ⑤ n. 料理用杯

代表性的日本拉麵

Part06-1-5

味噌ラーメン みそ ③
n. 味噌拉麵

醬油ラーメン しょうゆ ④
n. 醬油拉麵

塩ラーメン しお ③
n. 鹽味拉麵

豚骨ラーメン とんこつ ⑤
n. 豚骨拉麵

189

蓋飯連鎖店擺設

1. メニュー ①n. 菜單
2. 広告パネル ③n. 廣告看板
   _{こうこく}
3. 店員 ⓪n. 店員
   _{てんいん}
4. 味噌汁 ③n. 味噌湯
   _{みそしる}

5. 飲み物 ③②n. 飲料
   _の _{もの}
6. どんぶり ⓪n. 碗公
7. 空席 ⓪n. 空的座位
   _{くうせき}
8. トレイ ②n. 餐盤

♦ **Tips** ♦

生活小常識：蓋飯篇

「丼（蓋飯）」在日本被視為一種「ファスト
_{どん}
フード（速食）」，以快速、便宜為主要賣點，
這個業界的代表性商品「牛丼（牛肉蓋飯）」
_{ぎゅうどん}
一碗只需要 300 日圓左右，而也因此被當作
是一種庶民的象徵。

例 すみません、三色チーズ牛丼の特盛に温玉付きをお願いします。
_{さんしょく} _{ぎゅうどん} _{とくもり} _{おんたまつ} _{ねが}

抱歉，請給我特大碗的三色起司牛肉蓋飯加半熟雞蛋。

蓋飯類

牛丼 ⓪
n. 牛肉蓋飯

うな丼 ⓪
n. 鰻魚蓋飯

親子丼 ④
n. 親子蓋飯

他人丼 ④
n. 薑汁燒肉蓋飯

海鮮丼 ⓪
n. 海鮮蓋飯

豚丼 ⓪
n. 豬肉蓋飯

いくら丼 ⓪
n. 鮭魚卵蓋飯

うに丼 ⓪
n. 海膽蓋飯

カツ丼 ⓪
n. 豬排蓋飯

天丼 ⓪
n. 天麩羅蓋飯

かき揚げ丼 ⓪
n. 混炸天麩羅蓋飯

きんし丼 ⓪
n. 鰻魚蛋絲蓋飯

居酒屋 居酒屋
（いざけや）

Part06-2-1

這些應該怎麼說？

居酒屋

1. 暖簾（のれん）[0] n. 門簾
2. 店主（てんしゅ）[1] n. 店主
3. 炭（すみ）[2] n. 煤炭
4. 焼き鳥（やきとり）[0] n. 烤雞肉串
5. パイプ丸椅子（まるいす）[0] n. 圓凳
6. 徳利（とくり）[01] n. 日式酒壺
7. 女将さん（おかみ）[0] n. 女主人
8. 割り箸（わりばし）[03] n. 免洗筷

⑨ おつまみ [1][2] n. 下酒菜
⑩ 酒 (さけ) [0] n. 酒
⑪ 雑煮 (ぞうに) [0] n. 雑煮

⑫ ランプ [1] n. 電燈泡
⑬ 電磁調理器 (でんじちょうりき) n. 電磁爐

••• 01 飲(の)む 喝酒

Part06-2-2

居酒屋有什麼能喝的？

生(なま)ビール [3]
n. 生啤酒

瓶(びん)ビール [3]
n. 瓶裝啤酒

酎(ちゅう)ハイ [0]
n. 蘇打燒酒

日本酒(にほんしゅ) [0]
n. 日本酒

焼 酎(しょうちゅう) [3]
n. 燒酎

ジュース [1]
n. 果汁

ウーロン茶(ちゃ) [3]
n. 烏龍茶

コーラ [1]
n. 可樂

193

居酒屋常見的下酒菜

Part06-2-3

サラダ 1

n. 沙拉

焼き鳥 0

n. 烤雞肉串

カツオのたたき 0

n. 炙烤鰹魚生魚片

揚げ出し豆腐 5

n. 炸豆腐

フライドポテト 5

n. 薯條

刺身盛り合わせ 0

n. 綜合生魚片拼盤

ソーセージ 1 3

n. 香腸

串揚げ 0

n. 串炸

♦ Tips ♦

慣用語小常識：狂飲篇

ザル

「竹簍」？

不管往竹簍倒多少水都只會從下面漏掉，所以在日本有慣用語用「**ザル**（竹簍）」來形容不管喝多少酒都不會醉，對酒精特強又愛喝酒的人。

例 A：そんなに飲んでも大丈夫？

B：俺はザルだから大丈夫だよ。ビールもう一杯！

A：喝那麼多沒問題嗎？

B：我喝酒像個竹簍所以沒問題啦，再來一杯啤酒！

194

02 屋台 <ruby>屋台<rt>やだい</rt></ruby> 路邊攤

① <ruby>鍋<rt>なべ</rt></ruby> ①n. 鍋子

② <ruby>割り箸<rt>わ　ばし</rt></ruby> ⓪③n. 免洗筷

③ ラーメン<ruby>丼<rt>どんぶり</rt></ruby> ⑤n. 拉麵碗

④ メニュー ①n. 菜單

⑤ ネタケース ③n. 食物保鮮櫃

⑥ ビール ⓪n. 啤酒

◆ Tips ◆

生活小常識：路邊攤

「<ruby>屋台<rt>やたい</rt></ruby>（路邊攤）」
「<ruby>屋台<rt>やたい</rt></ruby>」是有屋頂、可移動的一種路邊攤，通常會提供「<ruby>お酒<rt>さけ</rt></ruby>（酒）」、「ラーメン（拉麵）」、「おでん（關東煮）」、「<ruby>焼き鳥<rt>や　とり</rt></ruby>（烤雞肉串）」等小吃，在以前的日本很常見，但現在已經變成稀有品種了。但是在福岡縣的中洲這個地方還保有很多的「<ruby>屋台<rt>やたい</rt></ruby>」，發展成了觀光名所。

Part06-2-5

厚揚げ ⓪
_{あつあ}
n. 豆卜

ちくわ ⓪
n. 竹輪

だいこん ⓪
n. 白蘿蔔

こんにゃく ③④
n. 蒟蒻

たこ ①
n. 章魚

牛すじ ⓪
_{ぎゅう}
n. 牛筋

こんぶ ①
n. 海帶

卵 ②⓪
_{たまご}
n. 蛋

はんぺん ③
n. 魚片

餅入り巾着 ⑤
_{もちい きんちゃく}
n. 油炸豆皮包麻糬

豆腐 ⓪③
_{とうふ}
n. 豆腐

ロールキャベツ ④
n. 白菜卷

ごぼてん ⓪
n. 牛蒡天婦羅

がんもどき ③
n. 油炸豆腐

糸こんにゃく ③
_{いと}
n. 蒟蒻粉絲

祭典時會有的屋台料理

やきそば ⓪
n. 炒麵

たこやき ⓪
n. 章魚燒

カキ氷 ⓪
_{ごおり}
n. 刨冰

綿菓子 ③②
_{わたがし}
n. 棉花糖

フランクフルト
⓪
n. 熱狗

りんご飴 ⓪
_{あめ}
n. 蘋果糖

焼きとうもろこ
し ③
_や
n. 烤玉米

じゃがバター ④
n. 奶油烤馬鈴薯

いちご大福 ④
_{だいふく}
n. 草莓大福

お好み焼き ⓪
_{この} _や
n. 什錦燒

チョコバナナ ④
n. 巧克力香蕉

居酒屋

中華・洋風レストラン 中・西式餐廳

ちゅうか　ようふう

Part06-3-1

這些應該怎麼說？

西式餐廳的擺設

1 洋風料理レストラン 9 n. 西式餐廳 ようふうりょうり	**5** テーブル 0 n. 桌子
2 座席 0 n. 座位 ざせき	**6** フォーク 1 n. 叉子
3 いす 0 n. 椅子	**7** ナイフ 1 n. 刀子
4 ソファー 1 n. 沙發	**8** スプーン 2 n. 湯匙

⑨ カップ ①n. 杯子

⑩ 皿（さら）⓪n. 盤子

⑪ ナプキン ①n. 餐巾

⑫ コショウ入れ（い）④n. 胡椒罐

⑬ 食卓塩（しょくたえん）④n. 鹽罐

⑭ ワインキャビネット ④n. 酒櫃

⑮ バーカウンター ③n. 吧台

⑯ 壁画（へきが）⓪・ウォールペインティング ⑤n. 壁畫

⑰ カーペット ①③n. 地毯

⑱ カーテン ①n. 窗簾

⑲ テーブルクロス ⑤n. 桌布

⑳ コップ ⓪n. 水杯

㉑ ワイングラス ④n. 酒杯

㉒ メニュー ①n. 菜單

㉓ コーヒーミル ⑤n. 咖啡研磨器

你知道嗎？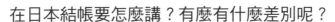

在日本結帳要怎麼講？有麼有什麼差別呢？

最標準也最常見的講法是「お勘定（かんじょう）お願（ねが）いします」和「お会計（かいけい）お願（ねが）いします」，兩者相差無幾，在任何場合都可以自由使用。比較特殊的是「お愛想（あいそ）お願（ねが）いします」，很多日本人在結帳的時候也會使用這種講法，但其實這樣是有些失禮的。「愛想（あいそ）」一詞是態度的意思，原本結帳講「お愛想（あいそ）」的是餐廳那一邊的人，他們希望客人快點結帳的時候會先說這句「お愛想（あいそ）が悪（わる）くてすみません（抱歉我態度不好）」，久而久之「お愛想（あいそ）」這個詞就跟結帳連在一起了。知道這點後，再看到客人反過來跟店說「お愛想（あいそ）お願（ねが）いします」會不會覺得很奇怪呢？

Part06-3-2

㉔ ちゅうか
中華レストラン 4 n. 中式餐廳

㉕ てんしん　　やむちゃ
点心 0・飲茶 2

　　n. 港式（點心）飲茶

㉖ やむちゃ
飲茶レストラン 5

　　n. 港式飲茶茶樓

㉗ ちゅうぼう
厨房 0 n. 廚房

㉘ きゅうす
急須 0 n. 茶壺

㉙ ちゃ
茶 0 n. 茶

㉚ そうしょくしょうめい
装飾照明 6 n. 裝飾燈具

㉛ かべがみ
壁紙 0 n. 壁紙

㉜ テレビ 1 n. 電視

㉝ きゃく
客 0 n. 客人

㉞ とけい
時計 0 n. 時鐘

㉟ せいろ
蒸篭 3 n. 竹籠

㊱ はし
箸 1 n. 筷子

㊲ しょうゆざ
醤油差し 3 n. 醬油瓶

㊳ チリソース 3 n. 辣椒醬

㊴ しきやむちゃ
ワゴン式飲茶 4 n. 港式飲茶推車

㊵ ウェイター 0・ウエートレス

　　2 n.（男女）服務生

01 注文 點餐
ちゅうもん

如何看得懂日文的「メニュー（菜單）」呢？

在國外點餐時，必需要先看得懂日文的「メニュー（菜單）」，才不會點到不是自己想要吃的東西，「メニュー（菜單）」裡，最常見的內容大致可以分成四大類：「前菜」、「メインコース」、「デザート」、「飲み物」。
ぜんさい
のもの

① 「前菜（前菜；開胃菜）」，常見的「前菜」有「サラダ（沙拉）」和「スープ（湯）」，在法式餐廳的「メニュー」上也可能看見「アントレ」這個詞，這再法文中是指「前菜」，但是在北美「アントレ」則是指「主菜」喔。
ぜんさい   ぜんさい

② 「メインコース（主菜）」，各家餐廳的主菜皆不同，所以基本上必需先看得懂「メインコース」上的關鍵字。

③ 「デザート（餐後點心）」，常見的「デザート」有「ケーキ（蛋糕）」和「アイスクリーム（冰淇淋）」兩種。

④ 「飲み物（飲料）」，常見的「飲み物」大致上可分成兩種「ソフトドリンク」和「アルコール」。
のもの   のもの

Part06-3-3

常見的沙拉醬

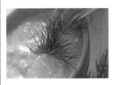   

フレンチドレッシング⑥ n. 法式醬	サウザンドアイランドドレッシング⓪② n. 千島醬	ビネガードレッシング⑤ n. 油醋醬	和風ドレッシング④ わふう n. 和風醬

フィッシュ ①
n. 魚

サーモン ①
n. 鮭魚

ステーキ ②
n. 牛排

シーフード ③
n. 海鮮

チキン ②①
n. 雞肉

ラム ①
n. 羊肉

バーベキュー ③
①
n. 烤肉

ポーク ①
n. 豬肉

ハンバーガー ③
n. 漢堡

ピザ ①
n. 比薩

ブルスケッタ ②
n. 義式烤麵包

麺、飯類

パスタ ①
n. 義大利通心麺、
　　麺條

スパゲッティ ③
n. 義大利直麺

ラザニア ⓪
n. 千層麺

チャーハン ①
n. 炒飯

Part06-3-6

飲料

コーヒー ③
n. 咖啡

茶（ちゃ）⓪
n. 茶

ジュース ①
n. 果汁

炭酸水（たんさんすい） ③
n. 汽水

酒類

ビール ①
n. 啤酒

赤（あか）③・白（しろ）ワイン
③
n. 紅 白酒

シャンパン ③
n. 香檳

カクテル ①
n. 雞尾酒

用餐時，桌上擺放著整整齊齊的餐具，該怎麼使用呢？

① 「スープ皿（湯盤）」的盤子雖然像一般盤子一樣，但是深度比一盤子還要深，才能足夠盛湯。

② 「サラダ皿（沙拉盤）」的盤子比「スープ皿（湯盤）」大又淺，但又比「位置皿（主餐盤）」小又深，通常西餐的第一道菜就是「サラダ（沙拉）」。

③ 「位置皿（主餐盤）」是用來盛裝「メインコース（主菜）」的盤子。

④ 「サラダフォーク（沙拉叉）」置於餐盤左方最外側，較短。

⑤ 「ディナーフォーク（主餐叉）」置於餐盤左方，較長。

⑥ 「ナプキン（餐巾）」，用餐完畢時，將「ナプキン」稍微簡單地折一下，置於餐盤的左方，表示已用餐完畢。

⑦ 「スープスプーン（湯匙）」置於餐盤右方最外側，方便上前菜時使用。

⑧ 「サラダナイフ（沙拉刀）」置於餐盤右方「カトラリー（餐刀類）」的中間，比起「ディナーナイフ（主餐刀）」來說，稍微短一點，刀身呈圓弧狀。

⑨ 「ディナーナイフ（主餐刀）」置於餐盤右方，最靠近餐盤右側，長度比「サラ

ダナイフ（沙拉刀）」長了一點。

⑩ 「デザートスプーン（點心用湯匙）」置於餐盤上方，吃布丁或冰淇淋時，可以使用「デザートスプーン」。

⑪ 「ケーキフォーク（蛋糕叉）」與「デザートスプーン」一樣都是置於餐盤的上方，方便吃蛋糕時使用。

⑫ 「ウォーターゴブレット（高腳水杯）」杯身比「白ワインゴブレット（高腳白酒杯）」稍為渾圓些。

⑬ 「赤ワインゴブレット（高腳紅酒杯）」杯身是三個杯子中最渾圓的。

⑭ 「白ワインゴブレット（高腳白酒杯）」杯身較為修長些。

⑮ 「バターナイフ（奶油抹刀）」置於餐盤左上方，欲將奶油塗抹至麵包時，可以使用。

⑯ 「パン皿（麵包盤）」與「バターナイフ」皆一同置於餐盤左上方。

◆ **Tips** ◆

生活小常識：用餐禮節篇

西式用餐時，左右旁的刀叉擺放不同的位置，也分別代表不同的意思，這樣的「テーブルマナー（用餐禮節）」，你知多少？

① 「いただきます」代表「開始（用餐）」囉！
② 「少々お待ちください」代表「暫時休息一下」。
③ 「次の皿お願いします」代表這道吃完了，可以請服務生「準備（吃）下一道菜」囉！
④ 「おいしい」代表餐點「好吃」！
⑤ 「ごちそうさまでした」代表「用餐完畢」。
⑥ 「口に合わない」代表餐點「不合味口」。

カフェ 咖啡廳

Part06-4-1

這些應該怎麼說？

咖啡廳的擺設

① レジ [1] n. 點餐櫃台	⑤ トレイ回収スペース [4] n. 餐盤回收區
② メニューボード [5] n. 菜單看板	
③ ディスプレイ冷蔵庫 [7] n. 冷藏展示櫃	⑥ ジュース [1] n. 果汁
④ 商品 [1] n. 商品	⑦ ケーキ [1] n. 蛋糕

⑧ コーヒー ③ n. 咖啡

⑨ サンドイッチ ④ n. 三明治

⑩ 軽食 ⓪・スナック ② n. 輕食
　けいしょく

⑪ クッキーなどの焼き菓子
　　　　　　　　　や　がし
　ph. 烘培食品

⑫ 客 ⓪ n. 客人
　きゃく

⑬ 座席 ⓪ n. 座位
　ざせき

⑭ 雑誌 ⓪ n. 雜誌
　ざっし

⑮ 値段 ⓪・価格 ⓪① n. 價格
　ねだん　　　かかく

在咖啡廳會點什麼呢？

Part06-4-2

⋯ 01 — コーヒー 咖啡 —

咖啡的釀製方法和種類有哪些，日文怎麼說？

Chapter4
咖啡廳

インスタントコーヒー ⑦
n. 即溶咖啡

ドリップバッグコーヒー ⑧
n. 掛耳式咖啡

ドリップ式コーヒー ⑦
　　　　しき
n. 手沖咖啡

コールドドリップコーヒー ⑨
n. 冰滴咖啡

207

水出しコーヒー 5
（みずだ）
n. 冷泡咖啡

サイフォンコーヒー 6
n. 虹吸式咖啡

◆ Tips ◆

生活小常識：點咖啡篇

該怎麼用日語點咖啡？

大多時候點咖啡只要念店家貼出來的「メ
ニュー（菜單）」就可以了，不過還要知道咖
啡大小的講法：國內外店家使用的咖啡杯大
小雖然不太一樣，但基本上可分成「Ｌサイ
ズ（大）」、「Ｍサイズ（中）」、「Ｓサイ
ズ（小）」等三種。若點的時候沒說明白，店員還會詢問你「コーヒーにお
砂糖、ミルクはお付けしますか？」，也就是在問你「要不要加糖或牛奶」的
（さとう）　　　　　　　　　（つ）
意思。

比較特殊的是「スターバックス（星巴克）」。星巴克咖啡大小中最小的稱為
「ショート」，中等是「トール」，大是「グランデ」，還會提供特大的「ベン
ティ」。除此之外，由於星巴克會提供很多咖啡的配料或種類的選擇，若你
想徹底講究你想喝的咖啡，點的時候需要講的內容會變成極端的長，日本人
會笑稱到星巴克點咖啡時唸的都是「呪文（咒文）」。
　　　　　　　　　　　　　　　　　　　（じゅもん）

例 Ｌサイズで、砂糖少なめのブラックコーヒーをお願いします。
　　　　　　　（さとうすく）　　　　　　　　　　（ねが）
　　麻煩給我一杯少糖的黑咖啡。

● 色々^{いろいろ}なコーヒー 各種咖啡

エスプレッソ ④
n. 義式濃縮咖啡

アメリカンコーヒー ⑥
n. 美式咖啡

カプチーノ ③
n. 卡布奇諾

ラテ ①
n. 拿鐵

フラットホワイト ⑤
n. 白咖啡

アイリッシュコーヒー ⑦
n. 愛爾蘭咖啡

モカ ②
n. 摩卡

アフォガート ⓪
n. 冰淇淋咖啡

アイスコーヒー ⑥ ④
n. 冰咖啡

◆ Chapter4
咖啡廳

209

カフェフレッド 4

n. 冰鎮咖啡

キャラメルマキアート 6

n. 焦糖瑪奇朵

ロシアンコーヒ 5

n. 俄式（俄羅斯）咖啡

エスプレッソ・ロマーノ 7

n. 羅馬諾咖啡

エスプレッソコンパーナ 7

n. 濃縮康保藍

エスプレッソフラッペ 7

n. 法樂皮咖啡

♦ **Tips** ♦

飲料小常識：咖啡篇

日本著名的作家夏目漱石在他的作品『三四郎』寫過這一句：「今夕のビールとコーヒーは、かかる隠れたる目的を一歩進めた点において、普通のビールとコーヒーよりも百倍以上の価ある尊きビールとコーヒーである。（今晚的啤酒和咖啡，讓我們離達成這隱藏的目的更近了一步，在這一點上，它比普通的啤酒、咖啡的價值要尊貴百倍。）」從這裡可以看的出來啤酒和咖啡100年前就已經融入日本的生活了。

常見的「輕食」有哪些，日文怎麼說呢？

喝咖啡一定要來點輕食小點了；那麼，咖啡廳最常見的「<ruby>輕食<rt>けいしょく</rt></ruby>」有哪些呢？

Part06-4-4

● パン 麺包

サンドイッチ 4
n. 三明治

パニーノ 0
n. 帕尼尼

ハンバーガー 3
n. 漢堡

クロワッサン 3
n. 可頌

ベーグル 1
n. 貝果

パンケーキ 3
n. 薄鬆餅

ワッフル 1
n. 鬆餅

フレンチトースト 5
n. 法式土司

セムラ 1
n. 瑞典泡芙

◆ Chapter4 咖啡廳

211

● ケーキ 蛋糕

Part06-4-5

マフィン ①
n. 瑪芬

チーズケーキ ④
n. 起司蛋糕

ブラウニー ⓪
n. 布朗尼

ティラミス ①
n. 提拉米蘇

● 其他

Part06-4-6

シーザーサラダ ⑤
n. 凱薩沙拉

オムレツ ⓪
n. 歐姆蛋

トルティーヤ ③
n. 墨西哥薄餅

タルト ①
n. 甜塔

フルーツサラダ ⑤
n. 水果沙拉

パスタ ①
n. 義大利麵

ヨーグルト ③
n. 優格

クッキー ①
n. 手工餅乾

キャラメルクリーム
ブリュレ ⓪
n. 焦糖布丁

Part 7

せいかつ　　　けんこう
生活と健康 生活保健

これ どう 説明する？

醫院的擺設

❶ しかしんりょうしつ
　歯科診療室 ③ n. 牙科診間

❷ しかちりょういす
　歯科治療椅子 ③ n. 牙科躺椅

❸ シャーカステン ④ n. X光觀片箱

❹ マンモグラフィー室 ④ n. 乳房攝影室

❺ X線マンモグラフィー装置 ⑥
　n. 乳房攝影儀器

❻ ちょうおんぱけんさしつ
　超音波検査室 ⑥ n. 超音波室

❼ ちょうおんぱしんだんそうち
　超音波診断装置 ⑥ n. 超音波儀器

❽ びょうしつ
　病室 ⓪ n. 病房

❾ びょうしょう
　病床 ⓪ n. 病床

❿ ハートレートモニター ⑦
　n. 心率監測器

⑪ 手術室 (しゅじゅつしつ) ④ n. 手術室
⑫ 手術台 (しゅじゅつだい) ④ n. 手術台
⑬ X線スキャナー (せん) ⑥ n. X光掃描器
⑭ 麻酔器 (ますいき) ④ n. 麻酔器

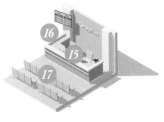  

⑮ 支払い窓口 (しはらい まどぐち) ⑤ n. 出納櫃檯
⑯ 受付 (うけつけ) ⓪ n. 掛號櫃檯
⑰ 待合所 (まちあいじょ) ⑤ n. 等候區
⑱ レントゲン室 (しつ) ⑥ n. 放射室
⑲ レントゲン機器 (きき) ⑥

n. X光攝影儀器
⑳ 回復室 (かいふくしつ) ⑤ n. 恢復室
㉑ 眼科診察室 (がんかしんさつしつ) ④ n. 眼科診間

㉒ 視力検査表 (しりょくけんさひょう) ④ n. 視力表
㉓ フォロプター ⓪ n. 驗光儀器
㉔ MRI（核磁気共鳴画像法）(かくじ ききょうめいがぞうほう)

検査室 (けんさしつ) ⑧ n. 磁振造影室
㉕ 診察室 (しんさつしつ) ⑤ n. 診間
㉖ 診察台 (しんさつだい) ⑤ n. 診療台
㉗ 診察デスク (しんさつ) ⑤ n. 工作桌

01 健康診断 健康檢查
けんこうしんだん

Part07-1-2

一般健檢項目有哪些呢？日文怎麼說？

身長を測る
しんちょう はか
ph. 量身高

体重を量る
たいじゅう はか
ph. 量體重

ウエストのサイズを測る
はか
ph. 量腰圍

血圧を測る
けつあつ はか
ph. 量血壓

体温を測る
たいおん はか
ph. 量體溫

視力検査 4
しりょくけんさ
n. 檢查視力

<ruby>採血<rt>さいけつ</rt></ruby> 0

n. 抽血

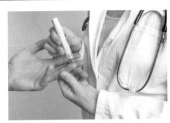

<ruby>血糖値<rt>けっとうち</rt></ruby>を<ruby>測<rt>はか</rt></ruby>る

n. 驗測血糖

<ruby>超音波検査<rt>ちょうおんぱけんさ</rt></ruby> 6

n. 超音波檢查

<ruby>レントゲン検査<rt>けんさ</rt></ruby> 6

n. X光檢查

<ruby>心電図<rt>しんでんず</rt></ruby> 3

n. 心電圖

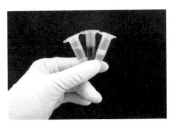

<ruby>検便<rt>けんべん</rt></ruby> 0・<ruby>検尿<rt>けんにょう</rt></ruby>キット 5

n. 糞便和小便檢體

しゅじゅつ

Part07-1-3

手術室裡常見的東西有哪些？日文怎麼說？

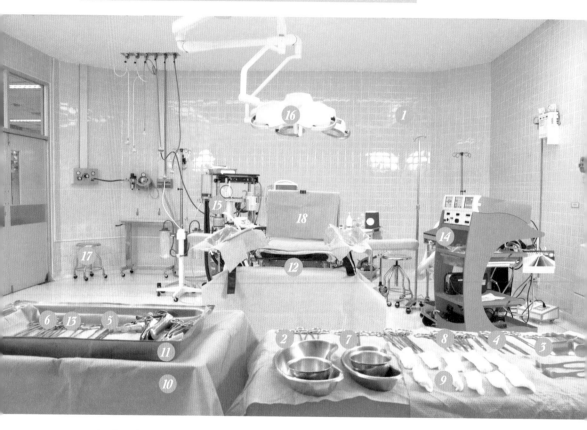

しゅじゅつしつ
1 手術室 4 n. 開刀房

しゅじゅつ き ぐ いっしき
2 手術器具一式 6 n. 手術器械組

3 クランプ 2 n. 止血鑷

ほうごうし
4 縫合糸はさみ n. 線剪、直剪

げかよう
5 外科用メス 5 n. 手術刀

しゅじゅつよう
6 手術用はさみ 6 n. 手術剪

かんし
7 鉗子 1 n. 手術鑷

ぬのかんし
8 布鉗子 3 n. 布巾鉗

9 ガーゼ 1 n. 紗布

きかいたくし
10 器械卓子 4 n. 器械架

11. 手術器具トレイ　6　n. 器械盤
12. 手術台　4　n. 手術台
13. 外科用メス　5　n. 解剖刀
14. 除細動器　4　n. 心臟電擊器

15. 麻酔器　4　n. 麻醉器
16. 無影灯　0　n. 手術燈
17. スツール　2　n. 手術圓凳
18. 外科用タオル　5　n. 開刀消毒巾

你知道嗎？ ◀◀▶▶▶▶▶▶▶▶▶▶▶

進手術房前，醫護人員需換上哪些裝備，
日文怎麼說？

1. 手術用キャップ　6　n. 手術帽
2. 手術用手袋　6　n. 手套

3. マスク　1　n. 口罩
4. 術衣　1　n.（綠色）手術衣
5. スクラブ　2　n.（藍色）隔離衣

◆◆◆ Chapter2

クリニック 診所

Part07-2-1

看診時會有的東西

① カルテ 1 n. 病歷

② 聴診器 (ちょうしんき) 3 n. 聽診器

③ 錠剤 (じょうざい) 0 n. 藥錠

④ カプセル剤 (ざい) 0 n. 膠囊

⑤ 注射 (ちゅうしゃ) 0 n. 注射

⑥ 注射剤 (ちゅうしゃざい) 0 n. 注射劑

在診所會做什麼呢？

01 診斷 看診
しんだん

① 「受付（掛號）」時首先拿出你的「健康保険証
うけつけ　　　　　　　　　　　　　　　　けんこうほけんしょう
（健保卡）」，「再診（複診）」的時候要把
さいしん
「診察券（診察卡）」也帶來。日本政府公認
しんさつけん
的醫療機關有義務每個月都檢查一次患者的
「健康保険証」，但想要全額自費的患者不需要
けんこうほけんしょう
用到「健康保険証」。
けんこうほけんしょう

② 在「待合室（待診室）」等待時可以去填
まちあいしつ
「問診票（問診表）」，把你的「症狀（症
もんしんひょう　　　　　　　　　　　　　　しょうじょう
狀）」、病歷、現在服用中的藥、藥物過
敏等等寫上，到你的順序時醫生會叫你的
名字。

③ 醫師會看著「問診票（問診表）」問你一
もんしんひょう
些問題，進行診察，最後會跟你解釋你的
症狀。

④ 看診結束後回「待合室（待診室）」等待，
まちあいしつ
診所職員叫到你名字後在掛號處付錢，拿
藥和「診察券（診察卡）」。
しんさつけん

● 頭部常見的症狀

頭痛 ⓪
ずつう
n. 頭痛

めまい ②
n. 頭暈

のぼせ ⓪
n. 上火

抜け毛 ⓪
ぬ げ
n. 掉髮

● 眼睛常見的症狀

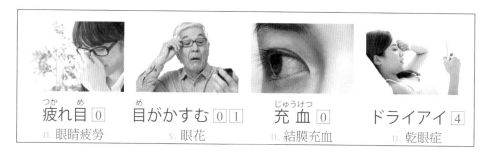

疲れ目 ⓪
つか め
n. 眼睛疲勞

目がかすむ ⓪①
め
v. 眼花

充血 ⓪
じゅうけつ
n. 結膜充血

ドライアイ ④
n. 乾眼症

● 口、鼻、喉常見的症狀

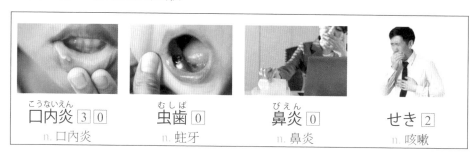

口内炎 ③⓪
こうないえん
n. 口內炎

虫歯 ⓪
むしば
n. 蛀牙

鼻炎 ⓪
びえん
n. 鼻炎

せき ②
n. 咳嗽

● 耳部常見的症狀

みみな
耳鳴り ０４
n. 耳鳴

なんちょう
難 聴 ０
n. 聽覺障礙

● 肩膀常見的症狀

かた
肩こり ２
n. 肩膀痠痛

だっきゅう
脱 臼 ０
n. 脱臼

● 皮膚常見的症狀

はだあ
肌荒れ ０
n. 皮膚過敏

ニキビ １
n. 面皰

しみ ０
n. 黃褐斑

● 四肢常見的症狀

ひ しょう
冷え性 ２３
n. 四肢冰冷

あかぎれ ０
n. 皸裂

やけど ０
n. 燙傷

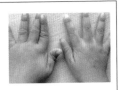

むくみ ３０
n. 浮腫

● 胸、肺常見的症狀

ぜんそく
喘息 ０
n. 氣喘

いきぎ
息切れ ０４
n. 呼吸困難

むねや
胸焼け ０４
n. 胸悶

● 胃腸常見的症狀

胃痛 [0]（いつう）
n. 胃痛

嘔吐 [1]（おうと）
n. 嘔吐

便秘 [0]（べんぴ）
n. 便祕

下痢 [0]（げり）
n. 拉肚子

● 腰部常見的症狀

腰痛 [0]（ようつう）
n. 腰痛

● 腳常見的症狀

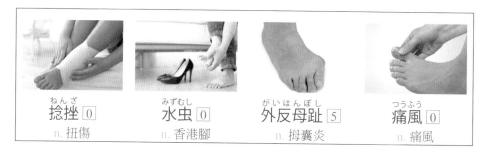

捻挫 [0]（ねんざ）
n. 扭傷

水虫 [0]（みずむし）
n. 香港腳

外反母趾 [5]（がいはんぼし）
n. 拇囊炎

痛風 [0]（つうふう）
n. 痛風

常見的病名有哪些？

風邪⓪
n. 感冒

インフルエンザ
⑤
n. 流感

中耳炎③
n. 中耳炎

アトピー
性皮膚炎⑤
n. 異位性皮膚炎

リウマチ⓪
n. 風濕

骨折⓪
n. 骨折

骨粗鬆症④
n. 骨質疏鬆症

アルコール
依存症⑦
n. 酗酒

不眠症⓪
n. 失眠症

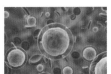

癌①
n. 癌症

鬱病⓪②
n. 憂鬱症

躁病⓪①
n. 狂躁症

Part07-2-4

護士站會有什麼？

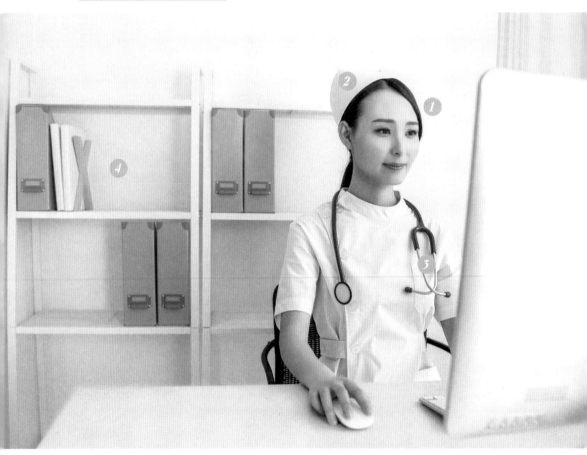

1 看護師 3 n. 護士

2 ナースキャップ 4 n. 護士帽

5 聴診器 3 n. 聴診器

4 カルテ保管棚 4 n. 病歷櫃

你知道嗎？

護士的工作內容有什麼？

① 「引継ぎ（交接）」
_{ひきつ}
將負責的「患者（患者）」的狀態告訴下一班
_{かんじゃ}
的護士。

② 「在庫確認（檢查庫存）」
_{ざいこかくにん}
盤點「注射器（針筒）」和「点滴剤（點滴）」
_{ちゅうしゃき}　　　　　　　　_{てんてきざい}
的數目。

③ 「回診（巡診）」
_{かいしん}
和醫師一起為患者看診。

④ 和患者的親友溝通
和患者的家人等討論患者今後「入院（住院）」
_{にゅういん}
和「治療方法（療法）」等事情。
_{ちりょうほうほう}

⑤ 量血壓
測量患者「**血圧**（血壓）」，判斷健康情況。

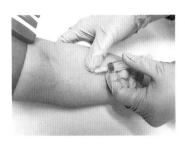

⑥ 「**採血**（抽血）」
協助醫師抽血。

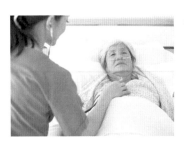

⑦ 與患者相處
跟患者「コミュニケーション（溝通）」時進行「ケア（心理輔導）」。

⑧ 和醫師溝通
與醫師溝通，了解患者今後的「**治療方針**（醫療方針）」。

⑨ 「**入力作業**（輸入資料）」
將「**回診**（巡診）」時記下的資料輸入電腦，方便其他護士查看。

護士會有的物品

Part07-2-5

ペンライト ③
n. 筆燈

ボールペン ⓪
n. 原子筆

タイマーつき
でんたく
電卓 ⑦
n. 附計時器的電子計
算機

はさみ ③②
n. 剪刀

サージカルテー
プ ⑥
n. 醫療用膠帶

ちょうしんき
聴診器 ③
n. 聽診器

くけつたい
駆血帯 ⓪
n. 驅血帶

いりょうよう
医療用 PHS ⑥
n. 醫用個人手持式電
話系統

メジャー ⓪①
n. 捲尺

たいおんけい
体温計 ⓪③
n. 溫度計

ナースクロック
④
n. 護士錶

ナーススケール
④
n. 護士尺

這些還該怎麼說？

獸醫院內

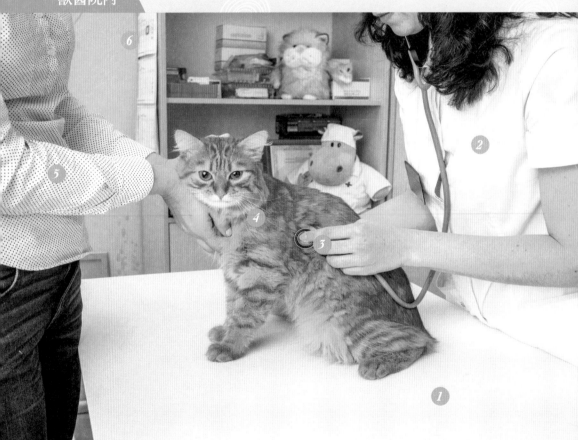

Part07-3-1

1 診察台 しんさつだい ⑤ n. 診療台

2 アシスタント ② n. 獸醫助理

3 聴診器 ちょうしんき ③ n. 聽診器

4 ペット ① n. 寵物

5 飼い主 かぬし ②① n.（寵物）主人

6 獣医師免許 証 じゅういしめんきょしょう ⑤ n. 獸醫證明

230

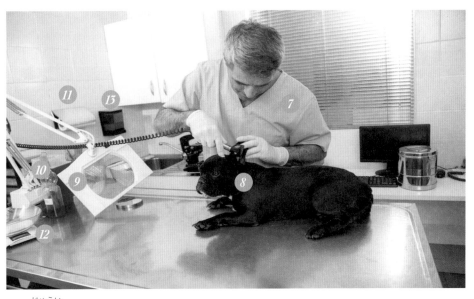

7 獣医 じゅうい ① n. 獸醫

8 耳鏡 じきょう ⓪ n. 耳鏡

9 拡大鏡 かくだいきょう ⓪ n. 放大鏡

10 アルコール 消毒液 しょうどくえき ⑥ n. 酒精消毒劑

11 ペーパータオル ⑤ n. 擦手紙巾

12 ペット体重計 たいじゅうけい ④ n. 寵物體重計

13 ハンドクリーナー ④ n. 洗手乳

◆ Tips ◆

成語小常識：寵物篇

飼い犬に手を噛まれる かいいぬてか

「被養的狗咬手」？

「飼い犬 かいいぬ」是「飼い（飼養）」跟「犬（狗）いぬ」的合成語，意思就是飼養的狗，「飼い か」後面也可以加其他種類的寵物，像是「飼い猫 かねこ（飼養的貓）」或「飼い兎 かうさぎ（飼養的兔子）」。

一般我們養狗，幫毛小孩準備食物、把屎把尿的都會覺得自己對牠有恩，所以「飼い犬に手を噛まれる かいぬてか（被養的狗咬手）」便是在比喻被受自己照顧的人做了什麼忘恩負義的事了。不過，除了受過嚴格訓練的狗之外，被感覺自己受到威脅的寵物攻擊其實是養寵物很常見的事情，碰到這種情況可要冷靜處理喔。

01 診査 檢查
しんさ

Part07-3-2

常見的檢查有哪些？

健康診断 5
けんこうしんだん
n. 做健康檢查

耳の検診 0
みみ けんしん
n. 檢查寵物耳朵

歯科検診 0
しかけんしん
n. 檢查寵物牙齒

血液検査 5
けつえきけんさ
n. 血液檢驗

予防注射 4
よぼうちゅうしゃ
n. 接種疫苗

超音波検査 1
ちょうおんぱけんさ
n. 做超音波檢查

レントゲン写真を撮る
しゃしん と
ph. 做 X 光檢查

体温を測る
たいおん はか
ph. 幫寵物量體溫

毛と皮膚のチェック
け ひふ
ph. 檢查寵物的毛和皮膚

> 常見的寵物美容工具，日文怎麼說？

① ペット美容用品<ruby>美容用品<rt>び ようようひん</rt></ruby> ③ n.

　　寵物美容工具

② 電動<ruby>電動<rt>でんどう</rt></ruby>バリカン ⑤ n. 電動剪毛器

③ ペット用爪切<ruby>用爪切<rt>ようつめき</rt></ruby>り ⑤ n. 指甲剪

④ スリッカーブラシ ⑤ n. 針梳

⑤ トリミングシザー ⑥ n. 剪刀

⑥ トリミングコーム ⑥ n. 梳子

◆ **Tips** ◆

生活小常識：寵物美容篇

大多數的獸醫院裡，除了幫寵物看診以外，也額外提供了「**ペットトリマー・グルーミング**（寵物美容）」的服務，像是「**洗体**<ruby>洗体<rt>せんたい</rt></ruby>（洗澡）」、「**散髪**<ruby>散髪<rt>さんぱつ</rt></ruby>（剪毛）」、「**耳掃除**<ruby>耳掃除<rt>みみそうじ</rt></ruby>（耳朵清潔）」和「**爪切**<ruby>爪切<rt>つめき</rt></ruby>り（指甲修剪）」等，方便寵物在看診之餘，也能有光鮮亮麗、煥然一新的外在。

Part07-3-4

常見的治療有哪些？

きせいちゅうかんせんしょう ちりょう
寄生虫感染症を治療する
ph. 治療心絲蟲

こうきんめぐすり さ
抗菌目薬を注す
ph. 使用抗菌眼藥水

ちゅうしゃ う
注射を打つ
ph.（接受）打針

はりちりょう
鍼治療をする
ph. 針灸

えいようざい ふくよう
栄養剤を服用させる
ph. 服用營養品

は みが
歯磨きする
v. 洗牙

常見的治療用具有哪些？

エリザベスカラー ⑥
n. 頸護罩

虫下し（むしくだし） ③ ⓪
n. 除蟲藥

毛玉症（けだましょう）の治療（ちりょう） ⓪
ph. 化毛膏

耳（みみ）ダニ除去（じょきょ） ⑤
n. 潔耳液

◆ Chapter3
獸醫

去看獸醫時常說的句子：

1. 猫（ねこ）を獣医（じゅうい）に連（つ）れて行（い）かないといけない。　我必須帶我的貓去看醫生。

2. うちの子犬（こいぬ）は嘔吐（おうと）と下痢（げり）をしている。　我的小狗又吐又拉的。

3. ペットは食欲（しょくよく）がない。　我的寵物沒有食慾。

4. 毎日散歩（まいにちさんぽ）に行（い）くなら、犬（いぬ）の健康（けんこう）によい。　如果你每天帶狗散步，這樣可以有助於他的健康。

5. 猫（ねこ）が間違（まちが）って自分自身（じぶんじしん）を傷（きず）つけないように、エリザベスカラーを着（つ）けたほうがよい。
   你的貓需要戴頸護罩，這樣她才不會不小心傷了自己。

歯医者 牙科
はいしゃ

這些應該怎麼說？

Part07-4-1

牙科診所設備

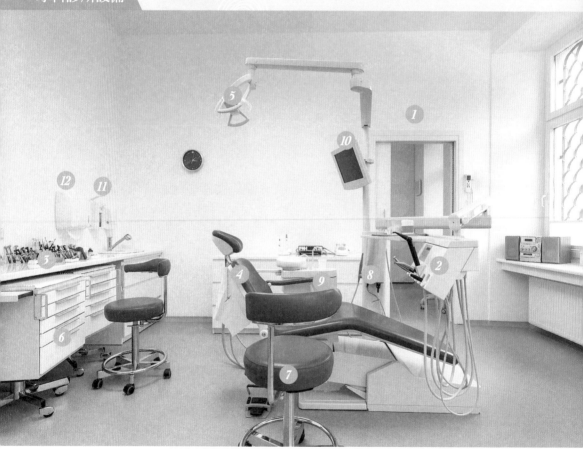

1 診察室 しんさつしつ 5 n. 牙醫診療間

2 歯科用ユニット しかよう 5 n. 牙醫診療設備

3 歯科用ハンドピース しかよう 5 n. 鑽牙機

4 歯科用治療椅子 しかようちりょういす 5 n. 牙醫躺椅

5 歯科用ライト しかよう 5 n. 牙醫照明燈

6 歯科用キャビネット しかよう 5 n. 牙醫櫃

7 デンタルスツール ⑤ n. 牙醫椅

8 歯科用スキャナー ⑤ n. 牙醫掃描器
しかよう

9 歯科用サクション ⑤ n. 牙醫真空吸唾器
しかよう

10 スクリーン ③ n. 螢幕

11 手指消毒剤 ③ n. 酒精消毒機
しゅししょうどくざい

12 ペーパータオル ⑤ n. 擦手紙巾

◆ Tips ◆

慣用語小常識：牙齒篇

歯を食いしばる
は　　く

「咬緊牙關」？

「歯」是牙齒，「食いしばる」指的是用力咬
は　　　　　 く
緊、咬住，那麼「歯を食いしばる」就是指「咬
は　 く
緊牙關」了。意思也跟中文成語的「咬緊牙
關」類似，比喻拼命忍耐痛苦或是悔恨。命
令形的「歯を食いしばれ」就是叫對方好好忍耐或承受現在以及接下來會發
は　 く
生的痛苦，有可能講完就一拳打下去了呢。

例 どんなに厳しい訓練でも歯を食いしばって耐えきった。
　　　　　　きび　　くんれん　　　は　　く　　　　た

不管多嚴格的訓練也咬緊牙關撐了過去。

01 診査 検査
しんさ

常見的保護牙齒工具有哪些？日文怎麼說？

歯ブラシ 2
は
n. 牙刷

歯磨き粉 5
はみがき こ
n. 牙膏

電動歯ブラシ 5
でんどうは
n. 電動牙刷

デンタルフロス 5
n. 牙線

糸ようじ 0
いと
n. 牙線棒

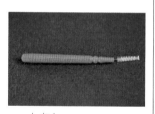
歯間ブラシ 4
しかん
n. 牙間刷

爪楊枝 3
つまようじ
n. 牙籤

洗口液 0
せんこうえき
n. 漱口水

ウォーターピック 6
n. 沖牙機

238

◆ **Tips** ◆

生活小常識：牙齒篇

牙齒類型有哪些？日文怎麼說？

人的一生中有兩組牙齒，分別為「乳歯（乳牙）」和「永久歯（恆牙）」。嬰兒在出生約 6 個月時，開始長出來的牙齒，稱之為「乳歯（乳牙）」，這組牙齒「上歯（上排牙）」有 10 顆，「下歯（下排牙）」也有 10 顆，大約 6 歲之後「乳歯」會逐漸脫落，脫落後再長出來的牙齒，就稱之為「永久歯（恆牙）」，「永久」是指「固定的、永久性的」，完整的「永久歯（恆牙）」加上「親知らず（智齒）」上、下排牙都各有 16 顆，所以一共 32 顆。

乳歯（乳牙）　　　　　　　永久歯（恆牙）

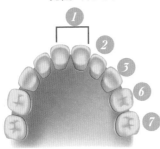

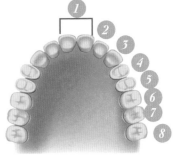

Upper Teeth

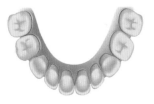

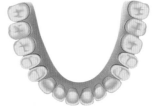

Lower Teeth

◆ Chapter4　牙科

❶ 中切歯 3 n. 門牙

❷ 側切歯 3 n. 側門齒

❸ 犬歯 1 n. 犬齒

❹ 第一小臼歯 5 n. 第一小臼齒

❺ 第二小臼歯 4 n. 第二小臼齒

❻ 第一大臼歯 5 n. 第一大臼齒

❼ 第二大臼歯 4 n. 第二大臼齒

❽ 第三大臼歯 5・智歯 1
　　n. 第三大臼齒／智齒

你知道嗎？

常見的牙齒保健方法有哪些？日文怎麼說？

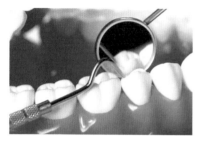

想擁有一口漂亮又健康的牙齒，除了養成正確的刷牙習慣以外，每半年至牙科診所做「周期的経口検査（定期口腔檢查）」是非常重要的；為患者檢查牙齒的同時，牙醫師會透過「バイトウィング法」徹底了解患者的牙齒狀況後，再開始為患者進行「歯石除去（洗牙）」，甚至有些貼心的牙醫師還會為患者的牙齒表層塗上「フッ素化合物（氟化物）」，其功能為加強防護牙齒對酸性的侵蝕，同時也能降低蛀牙的發生率。

例 彼は、半年に一度、周期的経口検査を受けている。

他定期每半年做一次口腔檢查。

▶▶◆ 02 治療 治療

Part07-4-4

常見的牙齒疾病有哪些？日文怎麼說？

虫歯 [0]

n. 蛀牙

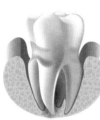

歯周病 [0]

n. 牙周病

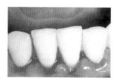

歯肉出血 [4]

n. 牙齦出血

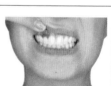

歯肉炎 [3]

n. 齒齦炎

牙套的種類有哪些？

歯列矯正 ④
し れつきょうせい

n. 牙齒矯正器（牙套）

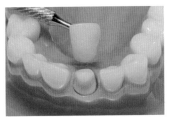

差し歯 ③②
さ ば

n. 牙套

マウスピース ④

n. 護牙套

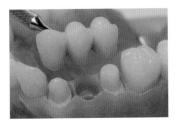

歯のブリッジ ⓪
は

ph. 牙橋

常見的治療方式有哪些？日文怎麼說？

歯牙 充 填 ③
（し が じゅうてん）
n. 補牙

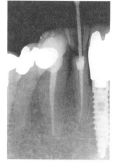

根管治療 ⑤
（こんかんちりょう）
n. 根管治療

ディープクリーニング ⑤
n. 深度洗牙

抜歯 ⓪
（ばっし）
n. 拔牙

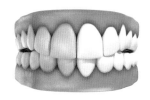

ホワイトニング ⑤
n. 牙齒美白

義歯 ①
（ぎ し）
n.（可拆卸的）假牙

局部麻酔 ④
（きょくぶますい）
n. 局部麻醉

インプラント ④①
n. 植牙

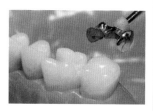

インレー ①
n. 鑲牙

Part 8

エンターテイメント
休閒娛樂

博物館設備

1. ガラス ⓪ n. 玻璃
2. 展示品 <ruby>てんじひん</ruby> n. 展示品
3. 解説シート <ruby>かいせつ</ruby> n. 解説看板
4. タッチパネル ④ n. 觸控式螢幕
5. 来館者 <ruby>らいかんしゃ</ruby> n. 來館者

⋯⋯ 01 見学 参觀
けんがく

自然科學系

かがくかん
科学館 ⓪

n. 科學館

すいぞくかん
水族館 ④ ③

n. 水族館

どうぶつえん
動物園 ④

n. 動物園

人文科學系

びじゅつかん
美術館 ③

n. 美術館

れきしはくぶつかん
歴史博物館 ④

n. 歷史博物館

特殊的博物館

わかやま
和歌山

はくぶつかん
くじらの博物館
⓪

ph. 鯨魚博物館

きょうと
京都

やまざきじょうりゅうところ
山 崎 蒸 留 所 ⑤

n. 山崎蒸餾所

きょうと
京都

てつどうはくぶつかん
鉄道博物館 ⑤

n. 鐵道博物館

おおさか
大阪

かがくかん
ガス科学館 ③

n. 瓦斯科學館

撮影禁止
<ruby>撮<rt>さつ</rt></ruby><ruby>影<rt>えい</rt></ruby><ruby>禁<rt>きん</rt></ruby><ruby>止<rt>し</rt></ruby>

ph. 禁止攝影

触れないでください
<ruby>触<rt>ふ</rt></ruby>れないでください

ph. 禁止觸摸

使用禁止
<ruby>使用禁止<rt>しようきんし</rt></ruby>

ph. 禁止使用

ペット禁止
<ruby>禁止<rt>きんし</rt></ruby>

ph. 禁止寵物

火気厳禁
<ruby>火<rt>か</rt></ruby><ruby>気<rt>き</rt></ruby><ruby>厳<rt>げん</rt></ruby><ruby>禁<rt>きん</rt></ruby>

ph. 禁止點火

お静かに
お<ruby>静<rt>しず</rt></ruby>かに

ph. 禁止喧嘩

ベビーカー使用禁止
<ruby>使用禁止<rt>しようきんし</rt></ruby>

ph. 嬰兒車禁止進入

飲食禁止
<ruby>飲食禁止<rt>いんしょくきんし</rt></ruby>

ph. 禁止飲食

立入禁止
<ruby>立入禁止<rt>たちいりきんし</rt></ruby>

ph. 禁止進入

02 ─展示品 展示品─
てんじひん

Part08-1-4

各種展示品

絵画⬛1
かいが

n. 畫

版画⬛0
はんが

n. 版畫

彫刻⬛0
ちょうこく

n. 雕刻

染織⬛0
せんしょく

n. 染織

写真⬛0
しゃしん

n. 照片

インスタレーション
⬛5

n. 裝置藝術

アニメ⬛1⬛0

n. 動畫

パフォーマンスアート⬛8

n. 行為藝術

陶芸⬛0・**陶磁器**⬛3
とうげい　　　とうじき

n. 陶瓷

チケット<ruby>販売所<rt>はんばいじょ</rt></ruby> ⑤

n. 售票台

エントランス ①

n. 入口

<ruby>展示室<rt>てんじしつ</rt></ruby> ⓪

n. 展示室

<ruby>館内見学<rt>かんないけんがく</rt></ruby> ⑤

n. 參觀

<ruby>解説<rt>かいせつ</rt></ruby> ⓪

n. 解說

ロッカー ①

n. 儲物櫃

ジオラマ ⓪

n. 立體透視模型

<ruby>映像<rt>えいぞう</rt></ruby>コーナー ⑤

n. 影片展示區

アトリエ ⓪

n. 工坊

<ruby>休憩<rt>きゅうけい</rt></ruby>コーナー ⑤

n. 休息所

ガイド ①

n. 導遊

ガイドシステム ④

n. 廣播導覽系統

館內的精品店

オリジナルカップ ⑤
n. 自製馬克杯

人形 ⓪・フィギュア
①
n. 人偶 公仔

ぬいぐるみ ⓪
n. 絨毛玩偶

置物 ⓪
n. 裝飾品

手ぬぐい ⓪
n. 手帕

くつした ②④
n. 襪子

おめん ②
n. 面具

扇子 ⓪
n. 扇子

レプリカ ②
n. 複製品

チョコレート ③
n. 巧克力

和菓子 ②
n. 日式甜點

ボールペン ⓪
n. 鋼筆

249

花屋 花店
はな　や

Part08-2-1

これってどう言うの？

花店的樣子

① 観葉植物 [6] n. 觀葉植物
かんようしょくぶつ

② 山野草 [3] n. 山草
さんやそう

③ 秋植え球根 [5] n. 秋植球根
あきう　きゅうこん

④ リーフプランツ [4] n. 觀葉植物

⑤ 宿根草 [0] n. 宿根草
しゅっこんそう

⑥ ハーブ [1] n. 香草

⑦ 樹木 [1] n. 樹木
じゅもく

你知道嗎？ ◀▶▶▶▶▶▶▶▶▶▶▶

從農場到花店

1. 「生産者（生產者）」

花農依照季節種植適當的花種。

2. 「卸売市場（拍賣市場）」

開始拍賣前會保存在低溫倉庫中。

3. 「競り（拍賣）」

中盤商依照鮮花的狀態購入。

4. 「花屋（花店）」

中盤商將花賣給花店。

•••01 花花
はな

Part08-2-2

在花店可以看到什麼樣的花？日語怎麼說？

チューリップ 1
3
n. 康乃馨

コスモス 1
n. 大波斯菊

カトレア 0
n. 嘉德麗雅蘭

アジサイ 0
n. 紫陽花

ヒヤシンス 3
n. 風信子

スズラン 0
n. 鈴蘭

キキョウ 0
n. 桔梗

ガーベラ 0
n. 大丁草

スイートピー 0
n. 香碗豆花

ウメ 0
n. 梅花

コチョウラン 2
n. 蝴蝶蘭

ラベンダー 2
n. 薫衣草

アサガオ 2
n. 牽牛花

カスミソウ 0
n. 縷絲花

ユリ 0
n. 百合

バラ 0
n. 玫瑰

アネモネ 0
n. 銀蓮花

クリスマスロー
ズ 6
n. 聖誕玫瑰

サクラ 0
n. 櫻花

ヒマワリ 2
n. 向日葵

Part08-2-3

在什麼場合會送花呢？

かいてん
開店 0
n. 開店

たんじょうび
誕生日 3
n. 生日

かんげいかい
歓迎会 0
n. 歡迎會

けっこん
結婚 0
n. 結婚

そうべつかい
送別会 0
n. 送別會

はっぴょうかい
発表会 0
n. 發表會

けっこんきねんび
結婚記念日 5
n. 結婚紀念日

ほうじ
法事 0
n. 法事

慣用語小常識：鮮花篇

両手に花

「兩手都是花？」

形容「同時得到兩個想要東西」的諺語，據說是從另一個意思相同的諺語「梅と桜を両手に持つ」演變而來。「梅（梅花）」是很香的花，而「桜（櫻花）」以美麗聞名，兩種花都拿在手上代表同時得到了兩個美好的東西。

不過在現代，「両手に花」最常看到的用法是形容一個人身旁有兩位漂亮的異性在，通常是用來開玩笑和挖苦。「花」習慣上多是用來形容女性，所以「兩手都是花」的人習慣上也多是男性，但諺語本身並沒有限制性別，所以偶而也能看到身邊跟著兩個帥哥的女性被講這句話。

例 君は今日も両手に花で羨ましい限りだね。

你今天也是兩手是花呢，真令人羨慕。

···02 花言葉 花語

你知道嗎？ ◀▶▶▶▶▶▶▶▶▶▶ ▶▶▶

何謂花語？

「花言葉」源自歐洲，為各式各樣的花添加了不同的象徵意義。日本最早是在明治初期開始接受這種文化，也自己創造了不少花語。除了花本身有的花語之外，花束中有幾朵花也被賜予不同的意思，送人花朵時可以用來增添幾分心意。

有名的花語

スイセン ② n. 睡蓮

「うぬぼれ」：自大
「自己愛（じこあい）」：自戀

スミレ ② n. 紫菫花

「謙虚（けんきょ）」：謙虛
「誠実（せいじつ）」：誠實
「小（ちい）さな幸（しあわ）せ」：小小的幸福

スズラン ② n. 鈴蘭

「再（ふたた）び幸（しあわ）せが訪（おとず）れる」：幸福再次來訪
「純粋（じゅんすい）」：純粹
「純潔（じゅんけつ）」：純潔
「謙遜（けんそん）」：謙遜

オリーブ ② n. 橄欖

「平和（へいわ）」：和平
「知恵（ちえ）」：智慧

レジャーランド 遊樂場

Part08-3-1

這些應該怎麼說？

遊樂園配置

① かんらんしゃ
観覧車 ③ n. 摩天輪

② **フリーフォール** ④ n. 自由落體

③ **コーヒーカップ** ⑤ n. 咖啡杯

④ てんぽ
店舗 ① n. 店鋪

⑤ ばこ
ゴミ箱 ③ ⓪ n. 垃圾桶

⑥ はちうえ
鉢植え ⓪ n. 盆栽

⑦ さく
柵 ② n. 欄杆

⑧ はた
旗 ② n. 旗子

01 テーマパーク 主題樂園

Part08-3-2

常見的遊樂設施

パークトレイン 4

n. 遊園小火車

メリーゴーラウンド 6

n. 旋轉木馬

サイクルモノレール 5

n. 空中腳踏車

コーヒーカップ 5

n. 咖啡杯

ゴーカート 3

n. 卡丁車

バッテリーカー 6

n. 電動車

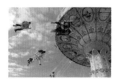

回転ブランコ 5
かいてん

n. 迴轉鞦韆

ウォータースライダー 6

n. 滑水道

Chapter3
遊樂場

Part08-3-3

大型刺激遊樂設施

フライングカーペット 6

n. 飛天魔毯

ジェットコースター 4

n. 雲霄飛車

フリーフォール 4

n. 自由落體

ウォーターライド 6

n. 滑水道

Part08-3-4

スケートリンク ⑤	動物園（どうぶつえん）④	プール ①	お化け屋敷（ばやしき）⓪
n. 滑板場	n. 動物園	n. 游泳池	n. 鬼屋

◆ **Tips** ◆

生活小常識：遊樂園篇

遊樂園要怎麼玩呢？

首先當然要買「**チケット（入場卷）**」進場，但是很多遊樂園買了入場卷後還得再付一次錢才能玩園裡的遊樂設施。

如果不想多次付錢，很多遊樂園也會販賣「**フリーパス（一票玩到底）**」，可以讓你一整天不用買遊樂設施的票，盡情暢遊，價錢多是幾千日幣。

例 フリーパスは本当（ほんとう）にお得（とく）なのか。誰（だれ）もわからない。

沒人知道一票玩到底真的划算嗎。

◀ 日本有名的主題樂園

☆旭川市旭山動物園（あさひかわしあさひやまどうぶつえん） 旭川市旭山動物園

● 地點：北海道旭川市東旭川町倉沼地區
● 入場卷：大人（高中生以上）：820 日圓／中學生以下：免費
● 開園時間：夏季和冬季不同，大約在 10：00 ～ 15：30。
● 休館日：因時而異。

會進行一種稱為「行動展示」的活動展現動物們的自然生態。

☆キッザニア甲子園 趣志尼亞甲子園

- 地點：兵庫縣西宮市甲子園八番町 1-100 號 LaLaport 甲子園
- 入場卷：平時預約費用在 2,850 日圓～4,200 日圓之間，暑假時期會有變動。
- 開館時間：第 1 部 9：00～15：00 第 2 部：16：00～21：00
- 休館日：年中無休。但是有時候會為維修休館。

讓 3 歲到 15 歲的兒童體驗有名職業的主題樂園。

☆安藤百福発明記念館 横浜 安藤百福發明記念館 橫濱

- 地點：神奈川縣橫濱市中區新港 2-3-4 號
- 入館費：大人（大學生以上）：500 日圓／高中生以下：免費
- 開館時間：10:00～18:00（入館到 17:00 為止）
- 休館日：每週二（碰到假日會延至隔天休館）、新年期間

以泡麵為主題的博物館，大人小孩可以一起觀賞、碰觸、製作、食用泡麵，通稱泡麵博物館。

☆東京ディズニーリゾート 東京迪士尼樂園

- 地點：千葉縣浦安市舞濱地區 1-1 號
- 入場卷：大人：7,400 日圓／高中生和國中生：6,400 日圓／小學生以下：4,800 日圓／65 以上：6,700 日圓
- 開園時間：8：00～22：00
- 休園日：年中無休

以迪士尼的角色為中心的知名主題公園。

☆博物館明治村 博物館明治村
はくぶつかんめいじむら

- 地點：愛知縣犬山市 山 1 番地
- 入場卷：大人：1,700 日圓／大學生和 65 以上：1,300 日圓／高中生：1,000 日圓／中學生以下：600 日圓
- 開館時間：9：30 ～ 17：00。會因時而異。
- 休館日：每週二。會因時而異。

以明治時代為主題的室外博物館。館內展示移建過來的明治時代建築，致力收集明治時代的歷史文物資料，以貢獻社會及文化為目的。

☆ユニバーサル・スタジオ・ジャパン 日本環球影城

- 地點：大阪府大阪市此花區櫻島二丁目 1 番 33 號
- 入場卷：普通（12 以上）：7,900 日圓／兒童（4 到 11 ）：5,400 日圓
- 開園時間：8：30 ～ 21：00。會因時而異。
- 休園日：年中無休

可以體驗到好萊塢電影般的世界的主題公園。

···02 ゆるキャラ 吉祥物

1. 「こにゅうどうくん（小入道君）」三重縣

2. 「シロモチくん（白年糕君）」三重縣

3. 「うーたん（阿鵜）」岐阜縣

「ゆるキャラ（吉祥物）」是「ゆるいマスコットキャラクター（輕鬆的吉祥物角色）」
的簡略說法，用在各種活動、振興地區、名產介紹等整個地區的宣傳，和企業及
團體的企業識別用的吉祥物。被用來振興地區的吉祥物又稱為「ご当地キャラ（在
地吉祥物）」。

有名的吉祥物

しがけん 滋賀県	くまもとけん 熊本県	ならけん 奈良県	あいちけん 愛知県
ひこにゃん 0	くまモン 0	せんとくん 4	まる はち丸 0
n. 彥根喵	n. 熊本熊	n. 遷都君	n. 八丸

♦ **Tips** ♦

生活小常識：吉祥物篇

「ゆるキャラグランプリ（日本吉祥物大賽）」
2011 年以來每年都會舉辦，主題是「用吉祥
物給地區、公司、日本加油打氣」。
「ゆるキャラグランプリ」任何人都可以投票，
2020 年度的投票期間是 7 月 1 日 10：00 到 9
月 25 日的 18：00，頒獎典禮在 11 月 2 日跟
3 日。詳情可以上他們的官方網站查看。

せつぞう
ふなっしーの雪像 0 ph. 船梨精的雪人

這些應該怎麼說？

電影院配置

---

1. 映画館 ③ n. 電影院
   えいがかん

2. スクリーン ③ n. 螢幕

3. 通路側の席 ph. 走道座位
   つうろがわ せき

4. 最前列の座席 ph. 前排座位
   さいぜんれつ ざせき

5. 後方列の座席 ph. 後排座位
   こうほうれつ ざせき

6. 真中の座席 ph. 中間座位
   まんなか ざせき

7. 非常口 ② n. 緊急出口
   ひじょうぐち

8. 座席番号 ④ n. 座位號碼
   ざせきばんごう

⑨ 非常口誘導標識 6 n. 緊急出口
標示

⑩ カップホルダー 3 n. 杯架

⑪ 通路 1 n. 走道

⑫ 通路灯 4 n. 走道燈

⑬ 座席表示灯 4 n. 座位排指示燈

⑭ ステレオスピーカー 5 n. 音箱

♦ Tips ♦

生活小常識：電影院座椅篇

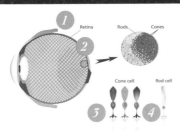

為什麼世界各地的電影院座椅都是紅色的呢？人類眼睛的「網膜（視網膜）」（圖①）是由許多「視細胞（感光細胞）」（圖②）所構成的，透過「視細胞」對光的吸收，再由視神經將所吸收到的影像傳達至腦部，最後再產生視覺；那麼眼睛是如何透過感光細胞來分辨顏色呢？感光細胞是由「錐体細胞（錐狀細胞）」（圖③）和「桿体細胞（桿狀細胞）」（圖④）所構成的，「錐体細胞（錐狀細胞）」主要是負責感受物體的細部和顏色，「桿体細胞（桿狀細胞）」則是負責對光源的接吸，但不負責顏色的分辨，因此在白天光線明亮時，藉由「錐体細胞」就可以辨別物體細部及顏色，但是一到了夜晚或光線昏暗處時，就要靠著「桿体細胞（桿狀細胞）」來感受光的存在，才能看得清楚物體了；因此，在昏暗的電影院裡，「桿体細胞」就會開始運作、感受光源，藉由對光源強弱的接收，「錐体細胞」就能分辨不同的顏色；在昏暗處時，感受最強的顏色是綠色，最弱則是紅色，為了讓觀眾的目光能專注在營幕畫面，而不被其他物件影響，電影院裡所有的物件都是紅色的，因為在黑暗中，唯有紅色是對人類的眼睛是最不會敏感的，當眼睛長期處於黑暗中，紅色頓時也會變成暗色或黑色，這就是為什麼電影院的「座席（座椅）」和「スクリーン（布幕）」都是紅色的原因。

貼心小提醒：孩童因個子太小、座位太低而無法看到前方營幕時，電影院都會為這些小小觀眾提供「ブースターシート（加高座椅）」的貼心小服務喔！

例 すみません。子供用のブースターシートをお願いします。

不好意思，我需要一張小孩用的加高的座椅。

••• 01 映画館 電影院
（えいがかん）

電影票種類有哪些？日文怎麼說？

チケット売り場
（う ば）
n. 售票處

「映画のチケット（電影票）」的種類依販賣對
（えいが）
象可分成：

1. 「一般（全票）」成人。
（いっぱん）
2. 「学生（學生票）」大學生、高專生。
（がくせい）
3. 「高校生（高中生票）」高中生。
（こうこうせい）
4. 「小人（兒童票）」3 歲～中學生。
（しょうにん）
5. 「シニア（敬老票）」60 歲以上。
6. 「障害者手帳所持者（愛心票）」身心障礙
（しょうがいしゃてちょうしょじしゃ）
人士
7. 「前売券（預售票）」上映前買的票。
（まえうりけん）

◆ Tips ◆

生活小常識：電影篇

日本的「映画館（電影院）」還會有那些優
（えいがかん）
惠？

在日本，很多電影院設有針對某個族群的優
惠日，像是僅限女性，每週星期三舉辦的「レ
ディスデー（女性優惠日）」，和僅限兩人之
中有人超過 50 歲的夫婦的「夫婦50 割引（50
（ふうふ）（わりびき）
歲以上夫婦折扣）」。

在深夜上映的電影也會有折扣，「レイトショー（深夜電影）」和「オールナ
イト（電影馬拉松）」都僅限 8 點以後，且只有全票跟學生票。「オールナイ
ト（電影馬拉松）」通常是多部電影連續上映，會比「レイトショー（深夜電
影）」更長。

此外，也有每月一號都會有的「映画の日（每月電影日）」優惠。
（えいが）（ひ）

02 スナック 小吃

「売店（電影院的小吃店）」裡，常見的飲食和醬料有哪些呢？
ばいてん

Part08-4-2

● フード 食物

プレッツェル ②
n. 鹹脆捲餅

チキンナゲット ④
n. 雞塊

ハンバーガー ③
n. 漢堡

フライドチキン ⑤
n. 炸雞

ポップコーン ④
n. 爆米花

フライドポテト ⑤
n. 薯條

ホットドッグ ④
n. 熱狗

トルネードフライド
ポテト ⑥
n. 旋風薯片

チュロス ⓪
n. 吉拿棒

◆ Chapter4
電影院

265

● ドリンク 飲料

Part08-4-3

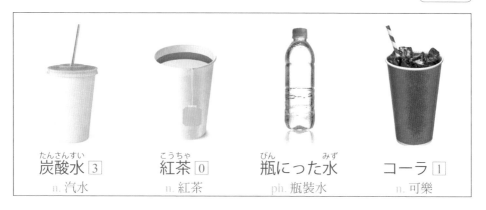

たんさんすい
炭酸水 3
n. 汽水

こうちゃ
紅茶 0
n. 紅茶

びん　　　みず
瓶にった水
ph. 瓶裝水

コーラ 1
n. 可樂

● ソース 醬料

Part08-4-4

マスタード 3
n. 芥末

ケチャップ 2 1
n. 蕃茄醬

マヨネーズ 3
n. 美乃滋

•••03 映画 電影
えいが

常見的電影類型有哪些？日文怎麼說？

① comedy
② noir
③ war
④ crime
⑤ fantasy
⑥ adventure
⑦ animation
⑧ western
biography
⑨ family
⑩ musical
⑪ detective
⑫ thriller
history
⑬ documentary
⑭ sport

◆ Chapter4
電影院

① コメディ映画 ⑤ n. 喜劇片
えいが
② 犯罪映画 ⑤ n. 黑色片
はんざいえいが
③ 戦争映画 ⑤ n. 戰爭片
せんそうえいが
④ 犯罪映画 ⑤ n. 犯罪片
はんざいえいが
⑤ ファンタジー映画 ⑦ n. 奇幻片
えいが
⑥ 冒険映画 ⑤ n. 冒險片
ぼうけんえいが
⑦ アニメーション映画 ⑧ n. 動畫片
えいが

⑧ 伝記映画 ④ n. 傳記片
でんきえいが
⑨ ファミリー映画 ⑥ n. 家庭片
えいが
⑩ ミュージカル映画 ⑦ n. 音樂劇
えいが
⑪ 探偵映画 ⑤ n. 偵探片
たんていえいが
⑫ 歴史映画 ④ n. 歷史片
れきしえいが
⑬ ドキュメンタリー映画 ⑨ n. 紀錄片
えいが
⑭ スポーツ映画 ⑤ n. 運動片
えいが

267

<table>
<tr><td>⑮ アクション □ n. 動作片</td><td>⑲ SF 映画 ⑤ n. 科幻片</td></tr>
<tr><td>⑯ ホラー映画 ④ n. 恐怖片</td><td>⑳ コメディ映画 ⑤ n. 喜劇片</td></tr>
<tr><td>⑰ ロマンス映画 ⑤ n. 浪漫愛情片</td><td>㉑ 洋画 ⓪ n. 西片</td></tr>
<tr><td>⑱ スリラー映画 ⑤ n. 驚悚片</td><td>㉒ ドラマ映画 ④ n. 劇情片</td></tr>
</table>

你知道嗎？ ▷▶◁◀▶▶▷▶▷▶▷ ▶▶▷

電影影像呈現的種類有哪些？

除了一般畫質明亮、色彩飽和的「2 D 映画（2D 電影）」以外，還有「3 D 映画（3D 立體版電影）」和「4 D 映画（4D 動感電影）」；「3 D 映画」播放的是立體影片，所以觀眾必需要配戴「3 D 眼鏡」才能呈現立體電影的效果，有些電影院為了讓觀眾享有最佳的「3 D 映画」品質，還特別引進了 IMAX 大影像，以超大螢幕的方式，將整部電影更清晰地呈現給各位觀眾；「4 D 映画」跟「3 D 映画」最大不同的是「4 D 映画」特別為觀眾增設了「ディー・ボックス（動感座椅）」的體驗，它可以配合電影的劇情做出一些特效，讓觀眾雖然坐在座椅上，但是同時也能擁有身歷其境的感受。

Part 9
スポーツと試合
體育活動和競賽

野球場 棒球場
やきゅうじょう

Part09-1-1

棒球場的配置

①	マウンド ⓪ n. 投手丘	⑤	コーチボックス ④ n. 教練指導格
②	内野 ⓪ n. 内野 ないや	⑥	ベンチ ① n. 牛棚
③	外野 ⓪ n. 外野 がいや	⑦	ホームベース ④ n. 本壘
④	ファウルライン ⑤ n. 界外線		

⑧ ネクストバッターズサークル
　　⓪ n. 打擊預備區

⑨ バッターボックス ⑤ n. 打擊格

⑩ 照明 ⓪ n. 照明燈
　　しょうめい

⑪ 観客席 ⓪ n. 觀眾席
　　かんきゃくせき

⑫ バックスクリーン ④ n.
　　外場後方的綠色屏障

01 球団と選手 球隊和選手
きゅうだん　せんしゅ

1. バット ① n. 球棒
2. グローブ ② n. 手套
3. ボール ⓪ n. 棒球

棒球是一種使用「バット」、「グローブ」、「ボール」等器具，讓選手們「投げる（投）」、「打つ（打）」、「走る（跑）」、「捕る（接）」的運動。具體來說是 9 人 1 隊，與另外一隊輪流攻擊與防守，競爭分數的運動。
日本讚美多才多藝的棒球選手時，經常會稱呼他是「走攻守三拍子そろった選手（跑攻守三者俱佳的選手）」。所謂「走攻守（跑攻守）」，「走」是跑壘、「攻」是打擊，「守」為守備。
そうこうしゅさんびょうし　　　　　せんしゅ

Part09-1-2

棒球的基本動作

投げる ②
な
v. 投球

打つ ①
う
v. 打擊

捕る ①
と
v. 接球

走る ②
はし
v. 跑壘

271

棒球的基本練習

キャッチボール ④
n. 傳接球練習

トスバッテイング ③
n. 打球點練習

素振り ⓪
n. 揮棒練習

ノック ①
n. 守備練習

你知道嗎？ ▷◁▶▶▶▶ ▶ ▶ ▷ ▷ ▶

日本的「プロ野球（職棒）」

日本職棒自 1949 年分裂為「パシフィック・リーグ（太平洋聯盟，簡稱「パリーグ」）」和「セントラル・リーグ（中央聯盟，簡稱「セリーグ」）」兩種「リーグ（聯盟）」，各握有 6 個球隊。

● パリーグ
1. 北海道日本ハムファイターズ（北海道日本火腿鬥士）
2. 東北楽天ゴールデンイーグルス（東北樂天金鷲）
3. 埼玉西武ライオンズ（埼玉西武獅）
4. 千葉ロッテマリーンズ（千葉羅德海洋）
5. オリックス・バファローズ（歐力士猛牛）
6. 福岡ソフトバンクホークス（福岡軟銀鷹）

● セリーグ
1. 読売ジャイアンツ（讀賣巨人）
2. 東京ヤクルトスワローズ（東京養樂多燕子）

3. 横浜 DeNA ベイスターズ（横濱 DeNA 海灣之星）
4. 中日ドラゴンズ（中日龍）
5. 阪神タイガース（阪神虎）
6. 広島東洋カープ（廣島東洋鯉魚）

兩個聯盟之間規矩有一點點不同，一般不會互相對戰，但從 2005 年開始開始舉辦聯盟之間的「**交流戦**（交流戰）」，目前皆是「**パリーグ**」佔上風。順帶一提，台灣的旅日選手陽岱鋼目前（2020 年）效力於「**読売ジャイアツ**」。

•••02 試合 球賽

Part09-1-4

1 ピッチャー [1] n. 投手		**6** ショート [1] n. 內野
2 キャッチャー [1] n. 捕手		**7** レフト [1] n. 左外野
3 ファースト [0] n. 一壘		**8** センター [1] n. 中外野
4 セカンド [0][1] n. 二壘		**9** ライト [1] n. 右外野
5 サード [1] n. 三壘		**10** バッター [1] n. 打者

1~6 稱為「**内野手**（內野手）」，7~9 稱為「**外野手**（外野手）」。

打者和捕手有什麼裝備？日文怎麼說？

①	バッター ①n. 打者	⑧	マスク ①n. 面具
②	ヘルメット ①③n. 頭盔	⑨	レガース ⓪n. 腳步護具
③	ユニフォーム ③n. 制服	⑩	プロテクター ③n. 護具
④	背番号（せばんごう）②n. 背號	⑪	スロートガード ⑤n. 護頸
⑤	ストッキング ②n. 棒球襪	⑫	キャッチャーミット ⑦n. 捕手手套
⑥	スパイク ②⓪n. 釘鞋	⑬	ホームベース ④n. 本壘
⑦	キャッチャー ①n. 捕手	⑭	球審（きゅうしん）⓪n. 主審

全壘打是甚麼？日語怎麼講？

「ホームラン（全壘打）」是指「バッター（打者）」打出的球，「在フェアゾーン（界內）」，越過「外野手（外野手）」後方的柵欄。打出「ホームラン」則可以追加1分。還有，「ホームラン」的記號是 HR。

球賽如何進行？

棒球的基本流程是由「バッター（打者）」擊打「ピッチャー（投手）」投出的球，以擊出的球的位置來決定是「フェア（界內球）」或是「ファール（界外球）」。簡單來說，球飛到「ファールライン（邊線內側）」就是「フェア（界內球）」，飛到外側就是「ファール（界外球）」。

「フェアゾーン（界內區域）」基本上是以「ホームベース（本壘）」為中心的90度區域，中野與外野也在這條延伸線上。

以「ホームベース（本壘）」為起點，打出球的「バッター（打者）」往「ファーストベース（一壘）」、「セカンドベース（二壘）」、「サードベース（三壘）」逆時鐘方向奔跑前進，若能不被判「アウト（出局）」的繞1周回到「ホームベース（本壘）」便能得分，可增加1分。

バスケットボールコート 籃球場

Part09-2-1

這些還該怎麼說?

籃球場的配置

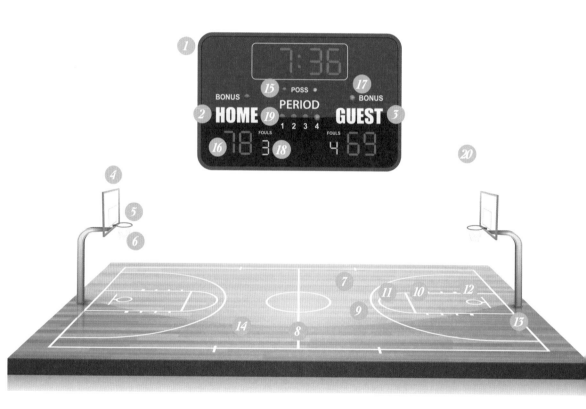

1. スコアボード 4 n. 計分板
2. ホームチーム 4 n. 主隊
3. ビジター 1・ビジティングチーム 7 n. 客隊
4. バックボード 4 n. 籃板
5. フープ 1 n. 籃框
6. ネット 1 n. 籃網
7. サイドライン 4 n. 邊線

⑧ センターライン ⑤ n. 中線

⑨ スリーポイントライン ⑧ n. 三分線

⑩ ファウル・フリースローライン ⓪ n. 罰球線

⑪ フリースローレーン ⑦ n. 罰球圈

⑫ ノーチャージセミサークル ⑦ n. 禁區

⑬ ベースライン ④ n. 底線

⑭ コート ① n. 籃球場地板

⑮ ポゼッション ⓪ n. 球權

⑯ ゴール ① ・得点 ⓪ n. 得分

⑰ ボーナス ① ・ペナルティ ② n. 加罰狀態

⑱ ファール ⓪ n. 犯規（次數）

⑲ ピリオド ① n.（比賽）節次

⑳ バスケットボールコート ⑥ n. 籃球場

⋯ 01 選手と審判 選手與裁判
せんしゅ　　しんぱん

◆ **Tips** ◆

籃球員的基本裝備

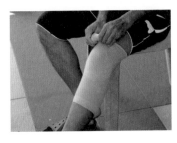

籃球選手除了一定會有的「バスケットシューズ（籃球鞋）」和「バスケットユニフォーム（籃球隊服）」之外，常常還會穿「ニーガード（護膝）」來保護膝蓋。「ニーガード」的主要功用取決於它用的是多硬的材料，最軟的護膝就只是條穿在膝蓋的襪子，頂多吸吸汗；比較硬的護膝目的在於固定膝蓋，避免轉到不該轉的方向，以防止發生扭傷。當然，護膝常見於各種運動，並非是籃球專用的護具。若要去打籃球、或只是出去慢跑時擔心膝蓋受傷的話，務必記得穿上護膝喔。

① Referee ② Start clock ③ Stop clock ④ Time-out ⑤ Jump Ball ⑥ Substitution ⑦ Beckoning

⑧ 1 Point ⑨ 2 Point ⑩ 3 Point ⑪ 3 Point (success) ⑫ Cancel Score ⑬ 24 Second Reset ⑭ Player Foul

⑮ Travelling ⑯ Technical Foul ⑰ Pushing ⑱ Blocking ⑲ 3-Second Violation ⑳ Intentional Foul ㉑ Control Foul ㉒ Double Foul

① レフリー 1・審判 0 n. 裁判

② 試合開始 4 n. 比賽開始
しあいかいし

③ 試合終了 4 n. 比賽結束
しあいしゅうりょう

④ タイムアウト 4 n.（比賽）暫停

⑤ ジャンプボール 4 n. 爭球・跳球

⑥ サブスティテューション 5 n. 換人

⑦ ベコニング 3 n. 招呼示意

⑧ 一点 3・ワンポイント 3 n. 一分
いってん

⑨ 二点 2・ツーポイント 3 n. 二分
にてん

⑩ 三点 3・スリーポイント 4 n. 試投三分
さんてん

⑪ スリーポイントシュート成功 0 n. 三分投籃成功
せいこう

⑫ キャンセルスコア 6 n. 取消得分或比賽

⑬ 24秒ルール ⓪ n. 24秒計時復位

⑭ ファウル ① n.（球員）犯規停表

⑮ トラベリング ② n. 走步

⑯ テクニカルファール ⑥ n. 技術犯規

⑰ ブッシング ① n. 推人；不帶球撞人

⑱ ブロッキング ⓪② n.（進攻、防守時）阻擋犯規

⑲ 3秒ルール ⓪ n. 3秒違例

⑳ フレグラントファウル ⑦ n. 惡意犯規

㉑ プレイヤーコントロールファール ⑫ n. 犯規時非正在射球

㉒ ダブルファール ④ n. 雙方犯規

《 籃球場裡有哪些人？日文怎麼說？ 》

Part09-2-3

① コーチ ① n. 教練

② バスケットボールプレーヤー ⑨ n. 籃球球員

③ 控え選手 ④ n. 板凳球員

④ オフェンス ⓪ n. 攻方

⑤ ディフェンス ⓪① n. 守方

⑥ レフリー ① ・審判 ⓪ n. 裁判

⑦ 観客 ⓪ n. 觀眾

⑧ バスケットボール ⑥ n. 籃球

••• 02 ゲーム 比賽

Part09-2-4

籃球球員位置日文怎麼說？

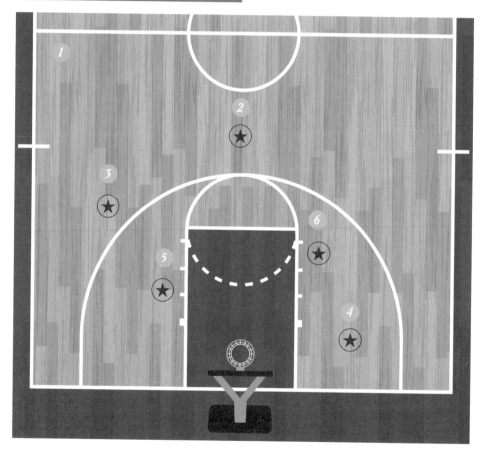

1. プレーヤーの守備位置（しゅびいち）0 ph. 籃球球員位置

2. ポイントガード 5 n. 組織後衛

3. シューティングガード 8 n. 得分後衛

4. スモールフォワード 5 n. 小前鋒

5. パワーフォワード 4 n. 大前鋒

6. センター 1 n. 中鋒

你知道嗎？

日本的職業籃球

　　說到「日本」跟「籃球」相信很多人會想到「ス
ラムダンク（灌籃高手）」這部漫畫，當時在台
灣跟日本都掀起了不小的籃球風潮，但籃球在
日本是比較小眾的運動，一直到 2005 年才誕生
了第一個職業籃球聯盟。在經過許多波折之後
於 2016 年改編成「ジャパン・プロフェッショナル
・バスケットボールリーグ（日本職籃）」，簡稱為「Ｂリーグ（Ｂ聯賽）」，但目
前還是不是很有存在感。順帶一提，在日本「バスケットボール（籃球）」常被簡
稱為「バスケ」。

例 バスケなんで身長の高い外国人のやるスポーツでしょ、とよく言われる。

　　常有人說籃球是給身高較高的外國人玩的運動。

マラソン 馬拉松

Part09-3-1

這些應該怎麼說？

馬拉松時會穿的衣物 ‧ 夏季

① Tシャツ n. T恤

② ランニングパンツ n. 跑步短褲

③ ゲイター n. 高幫鞋套

④ ひざ丈タイツ n. 緊身七分褲

⑤ ロングタイツ n. 緊身長褲

馬拉松時會穿的衣物・冬季

① ウインドブレーカー ⑥ n. 防風外套

② グローブ ② n. 手套

③ ネックウォーマー ④ n. 保暖脖圍

④ ロングタイツ ④ n. 緊身長褲

⑤ ニットキャップ ④ n. 毛線帽

你知道嗎？

日本馬拉松發祥之地

日本第一次的馬拉松大會是在位於大阪隔壁的兵庫縣神戶市舉辦，時間為 1909 年的 3 月 21 日，比賽的名稱則是單純的「マラソン大競争（馬拉松大競賽）」。當時有 408 人報名，但經過體格檢驗和預賽最後只有 20 人出賽。神戶市因此被認為是「日本マラソン発祥の地（日本馬拉松發祥之地）」，在神戶市的市公所前例有一個造型頗特殊的紀念碑，有機會不妨去親眼看看。

● マラソンシューズの各(かく)パーツ 馬拉松鞋各部位名稱

Part09-3-2

1. シュータン ⓪ n. 鞋舌
2. シューホール ⓪ n. 鞋眼
3. シューレース ⓪ n. 鞋帶
4. アッパー ①⓪ n. 鞋面
5. インソール ⓪ n. 中底

6. ヒールカップ ④ n. 鞋跟墊
7. ウィズ ⓪ n. 足圍
8. ミッドソール ④ n. 中底
9. アウトソール ④ n. 外底

◆ Tips ◆

選擇鞋子的條件

1. 按照目的來選擇鞋。「ランニング（慢跑）」、「フルマラソン（馬拉松）」、「短距離走(たんきょりそう)（短跑）」。等

2. 是否合腳，試穿後走走看再決定。

3. 了解鞋子的特徵。「衝撃吸収力(しょうげききゅうしゅうりょく)（避震功能）」、「安定性(あんていせい)（安定性）」、「耐久性(たいきゅうせい)（耐久性）」、「通気性(つうきせい)（透氣性）」等。

● その他<ruby>他<rt>た</rt></ruby>マラソングッズ 其他馬拉松配件

キャップ ①
n. 運動帽

サングラス ③
n. 太陽眼鏡

スポーツウォッチ ⑤
n. 運動表

スポーツタオル ⑤
n. 運動毛巾

ティッシュ ①
n. 紙巾

ウエストポーチ ⑤
n. 腰包

ペットボトル ④
n. 寶特瓶

<ruby>軽<rt>けい</rt></ruby><ruby>食<rt>しょく</rt></ruby> ⓪
n. 點心

<ruby>絆創膏<rt>ばんそうこう</rt></ruby> ⓪
n. OK 繃（創可貼）

スポーツブラ ⑤
n. 運動內衣

アンダーシャツ ⑤
n. 內衣

ソックス ①
n. 襪子

◆ Chapter3 馬拉松

285

● 日本の市民マラソン大会 日本的市民馬拉松大會

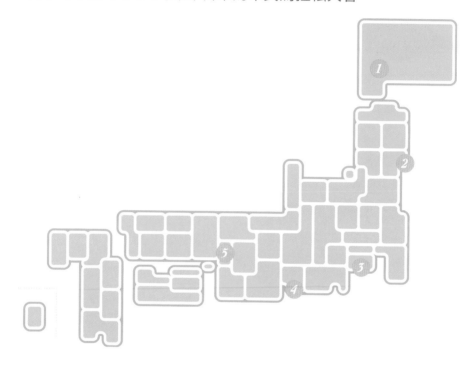

1. 北海道マラソン 北海道馬拉松

舉辦地點：北海道札幌市

舉辦月份：8 月下旬

里程：全馬 ・11.5km

2. 仙台国際ハーフマラソン 仙台國際半程馬
拉松：

舉辦地點：宮城縣仙台市

舉辦月份：5 月中旬

里程：半馬・5km・2km

3. 東京マラソン 東京馬拉松：

舉辦地點：東京都

舉辦月份：2 月中旬

里程：全馬 ・10km

4. 名古屋ウィメンズマラソン 名古屋女子馬拉
松：

舉辦地點：愛知縣名古屋市

舉辦月份：3 月上旬

里程：全馬

5. 大阪マラソン 大阪馬拉松：

舉辦地點：大阪市

舉辦月份：10 月下旬

里程：全馬 ・8.8km

●全馬指的是「フルマラソン（全程馬拉松）」，有 42.195km，半馬則是「ハーフ
マラソン（半程馬拉松）」，如其名是一半的 21.0975km。

プール 游泳池

Part09-4-1

這些該怎麼說?

游泳池的配置

1 ライフガードチェア 7 n. 救生員椅	**5** ファストレーン 5 n. 快速道
2 ビーチベッド 4 n. 躺椅	**6** 梯子 (はしご) 0 n. 梯子
3 プール 1 n. 游泳池	**7** 仕切り線 (しきせん) 0 n. 水道繩
4 スローレーン 4 n. 慢速道	**8** タオル 1 n. 毛巾

⑨ プールサイド ④ n. 游泳池地板

⑩ サインスタンド ④ n. 地板濕滑標示

⑪ プール用手すり ⑥ n. 游泳池扶手

⑫ 温水プール ⑤ n. 温水池

⑬ 子供用プール ⑥ n. 兒童池

⑭ サウナ ① n. 蒸氣室

⑮ ロッカー ① n. 置物櫃

⑯ 更衣室 ③ n. 更衣室

◆ Tips ◆

成語小常識：游泳篇

善く泳ぐ者は溺る
「擅長游泳的人會溺水」？

出自古代中國的成語「善泳者溺」，就算是做自己最擅長的事也有失敗的時候，用來提醒人不能太有自信，免得出了意外就得不償失了。

例 善く泳ぐ者は溺ると言うし、車の運転はいくら長年の経験があっても気を付けないと危ないよ。

俗話說善泳者溺，就算有多年的開車經驗，不注意還是很危險的。

01 水泳用具 泳具

Part09-4-2

◄ 常見的泳具有哪些？日文怎麼說？

1. 水泳用具一式 ⑧ n. 泳具

2. 水着 ⓪ n. 泳衣

3. タオル ① n. 毛巾

4. 水筒 ⓪ n. 水壺

5. ストップウォッチ ⑤ n. 碼表

289

6. ゴーグル 1 n. 泳鏡

7. 海水パンツ 5 n. 游泳褲
   <small>かいすい</small>

8. 笛 0 n. 哨子
   <small>ふえ</small>

9. ビーチサンダル 4 n. 拖鞋

10. スイムキャップ 4 n. 泳帽

11. 耳栓 0 n. 耳塞
    <small>みみせん</small>

12. ノーズクリップ 4 n. 鼻夾

13. スキューバーダイビング
    用具一式 0 n. 潛水設備
    <small>ようぐいっしき</small>

14. ダイビングスーツ 6 n.
    潛水衣

15. ダイビングマスク 6 n.
    潛水目鏡

16. スノーケル 2 n. 潛水呼吸管

17. フィン 1 n. 蛙鞋

エアマット ③
n. 浮排

腕浮き輪 ③
n. 充氣臂圈

ビニールプール ⑤
n. 充氣游泳池

エアチェア ③
n. 充氣椅

ビーチボール ④
n. 海灘球

ビート板 ⓪
n. 浮板

浮き輪 ⓪
n. 游泳圈

水遊び用のおもちゃ
⓪
ph. 泳池玩具

ライフジャケット
⑤④
n. 救生衣

在游泳池會做什麼呢？

••• 02 水泳 游泳
すいえい

Part09-4-4

常見的泳姿有哪些？日文怎麼說？

クロール ②
n. 自由式

背泳ぎ ②
せおよ
n. 仰式

犬掻き ③④
いぬか
n. 狗爬式

バタフライ ①③
n. 蝶式

平泳ぎ ③
ひらおよ
n. 蛙式

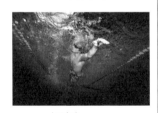

横泳ぎ ③
よこおよ
n. 側泳

シンクロナイズドス
イミング ⑩
n. 水上芭蕾

キャノンボールダイ
ビング ⑦
n.（砲彈）抱膝跳水

腹打ち飛び込み ⑤
はらう と こ
n. 肚子先接觸水面的跳水
動作

292

奧運的「水上 <ruby>競 技<rt>きょう ぎ</rt></ruby>（水上運動）」，有哪些比賽項目呢？

除了常見的「<ruby>自由形<rt>じゅうがた</rt></ruby>（自由式）」、「<ruby>背式ぎ<rt>せおよぎ</rt></ruby>（仰式）」、「<ruby>平式ぎ<rt>ひらおよ</rt></ruby>（蛙式）」、「バタフライ（蝶式）」以外，還有「メドレー（混合式）」和「リレー（接力）」。

● リレー　接力泳

「リレー（接力泳）」又可分成「フリーリレー（自由泳接力）」和「メドレーリレー（混合泳接力）」，每項比賽需以 4 位選手以相同的游泳距離接力完成。

● <ruby>飛び込み<rt>と こ</rt></ruby>　跳水

「<ruby>飛び込み<rt>と こ</rt></ruby>」又稱為「ダイビング」，可分成「<ruby>高飛び込み<rt>たかと こ</rt></ruby>（跳臺跳水）」和「<ruby>飛板飛び込み<rt>とびいたと こ</rt></ruby>（彈板跳水）」，選手需在指定的彈板或跳臺上完成指定的動作，才能得分。

● アーティスティックスイミング　水上芭蕾

「アーティスティックスイミング」又稱「<ruby>水中<rt>すいちゅう</rt></ruby>バレー」，是一種結合「<ruby>水泳<rt>すいえい</rt></ruby>（游泳）」、「ダンス（舞蹈）」和「<ruby>体操<rt>たいそう</rt></ruby>（體操）」的水中競賽項目，可分成單人、雙人和團體等項目，選手需依序完成指定的動作，依動作的難易度及美感度給予評分。

◆ Chapter4　游泳池

293

サッカーのフィールド 足球場

Part09-5-1

足球場的配置

①	センターマーク ⑤ n. 中點（開球點）		⑤	ペナルティーアーク ⑦ n. 罰球弧
②	センターサークル ⑤ n. 中圈		⑥	ペナルティーマーク ⑦ n. 罰球點
③	ハーフウェーライン ⑦ n. 中線		⑦	ペナルティーエリア ⑦ n. 大禁區
④	タッチライン ④ n. 邊線		⑧	ゴールエリア ④ n. 小禁區

⑨ ゴールライン ④ n. 底線　　⑫ ベンチ ① n. 板凳（替補席）

⑩ ゴール ① n. 球門　　⑬ 客席 ⓪ n. 觀眾席
きゃくせき

⑪ コーナーアーク ⑤ n. 角球弧

足球場會有什麼呢呢？

Part09-5-2

01 選手 球員
せんしゅ

足球的動作與術語有哪些？日語怎麼說？

キックオフ ④
n.（kickoff）
開球

ドリブル ⓪②
n.（dribble）
盤球

フリーキック ④
n.（free kick）
罰任意球

スローイン ②
n.（throwing）
守門員擲球

ゴールキック ④
n.（goal kick）
發球門球

ペナルティキック ⑥
n.（penalty kick）
罰點球

ヘディング ⓪
n.（heading）
頭球

ハンド ①
n.（hand）
手球犯規

◆Chapter5
足球場

コーナーキック 5
n.（corner kick）踢角球

トラップ 2
n.（trap）腳底停球

パスキャッチ 3
n.（pass catch）接球

壁 0
かべ
n. 人牆

パス 1
n.（pass）傳球

シュート 1
n.（shoot）射門

Part09-5-3

球員們的標準裝備有哪些？

1. ジャージ 1 n. 球衣
2. ショーツ 1 n. 短褲
3. ソックス 1 n. 足球襪
4. スパイク 2 0 n. 釘鞋
5. ボール 0 n. 足球

球員的位置有哪些？

ゴールキーパー （GK）④	ディフェンダー （DF）⓪	ミッドフィルダ ー（MF）④	フォワード （FW）⓪②
n. 守門員	n. 後衛	n. 前衛	n. 前鋒

⋯ 02 ゲーム 比賽

足球比賽是怎麼進行的？

足球比賽由 11 人以下的球員組成 2 個隊伍，在「フィールド（草地）」或是「ピッチ（球場）」進行。各隊伍之中必須要設置 1 名「ゴールキーパー（守門員）」。「ゴールキーパー（守門員）」在自己隊上場地的「ペナルティーエリア（大禁區）」內可以使用雙手。

比賽時間分為前半與後半，各 45 分鐘，合計 90 分鐘。在前半與後半之間，有稱為「ハーフタイム（中場休息）」的 15 分鐘休息時間。

◆ Chapter5
足球場

297

得点の方法 得分方式
とくてん　ほうほう

1. ゴールポスト 4 n. 球門柱
2. クロスバー 4 n. 球門横樑

在「ゴールポスト（球門柱）」與「クロスバー（球門横樑）」之下，「ボール（球）」整體完全越過「ゴールライン（底線）」，便能得分。

足球比賽中的各種階段

「アディショナルタイム（加算時間）」

因球員負傷或交換等原因浪費到時間時，將這些時間再加在 90 分鐘之後。也叫做「ロスタイム（補時）」。

「延長戦（延長賽）」・「PK戦（互射十二碼、PK 戦）」
えんちょうせん　　　　　　　　せん

前半、後半結束後，仍無法分出勝負時，則以延長賽或是 PK 戰決定勝負。延長賽是以前半 15 分、後半 15 分合計 30 分鐘。

◀ 觀眾 ▶

① サポーター ②⓪ n. 支持者
② レプリカユニフォーム ⑤
　　 n. 複製球衣

⑤ タトゥーシール ⑤ n. 刺青貼紙
④ リストバンド ④ n. 護腕
⑤ 観客 かんきゃく ⓪ n. 觀眾

••• 03 審判とルール しんぱん 裁判和規則

◀ 足球的裁判是做什麼的？日語怎麼說？

裁判有「**主審** しゅしん（裁判）」與「**副審** ふくしん（助理裁判）」。裁判的角色是按照規則推動比賽。助理裁判則沿著兩條「**タッチライン**（邊線）」，主要工作是觀察「**ボール**（球）」的動向。

「**主審** しゅしん」在選手做出「**ファウル**（犯規行為）」時，按照其犯規行為的惡質度，給出「**イエローカード** 黃牌」或者是「**レッドカード**（紅牌）」。

◆ Chapter5
足球場

299

「イエローカード（黃牌）」
對於做出「ファウル（犯規行為）」的球員，裁判給予警告時拿出的牌子。同一場比賽如果受到 2 次警告就必須退場。

「レッドカード（紅牌）」
做出特別惡質的「ファウル（犯規行為）」的球員，裁判處以退場處分時，舉出的牌子。

Part09-5-6

你知道嗎？

「<ruby>副審<rt>ふくしん</rt></ruby>」是什麼？

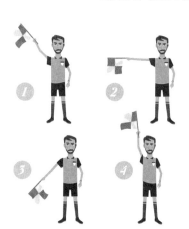

「<ruby>副審<rt>ふくしん</rt></ruby>（助理裁判）」的角色是輔助「<ruby>主審<rt>しゅしん</rt></ruby>（裁判）」，舉旗向「<ruby>主審<rt>しゅしん</rt></ruby>（裁判）」示意。

1. スローイン ② n. 界外球
2. ゴールキック ④ n. 球門球
3. コーナーキック ⑤ n. 踢角球
4. オフサイド ① n. 越位

Part 10
にほんぶんか
日本文化 日本的文化

結婚式 結婚典禮
けっこんしき

這些應該怎麼說？

Part10-1-1

和式婚禮

1	しんぜんまく **神前幕** n. 5 神前幕	**5**	ちょうちん **提 灯** n. 3 燈籠
2	しんぷ **新婦** n. 1 新娘	**6**	さんぼう **三宝** n. 0 三寶
3	しんろう **新郎** n. 0 新郎	**7**	しんぜんけっこんしき **神前結婚式** n. 神前結婚典禮
4	たいこ **太鼓** n. 0 太鼓	**8**	はっきゃくあん **八脚案** n. 4 八腳桌

••• 01 日本の結婚式 日本的婚禮

にほん　けっこんしき

Part10-1-2

和式婚禮會有什麼？

① 白無垢 [0] n. 白無垢
しろむく

② 朱傘 [0][2] n. 朱傘
しゅがさ

⑤ 紋付袴 [5] n. 紋付袴
もんつきはかま

④ 祝儀袋 [4] n. 禮金袋（紅包袋）
しゅうぎぶくろ

⑤ 提子 [0] n. 提子（注酒器）
ひさげ

⑥ 玉串 [2] n. 玉串
たまぐし

⑦ 三ツ重盃 [5] n. 三重盃
みがさねはい

⑧ 結婚指輪 [5] n. 結婚戒指
けっこんゆびわ

⑨ 三宝 [0] n. 三寶（三方、供盤）
さんぽう

⑩ 祝詞 [0] n. 祝詞
のりと

303

你知道嗎？ ▶ ◀ ▶ ▶ ▶ ▶ ▶ ▶ ▶ ▶ ▶ ▶ ▶ ▶ ◀

神前結婚典禮的流程

1. 参進の儀 參進之儀

由供職於「神社（神社）」的「神職
（神官）」與「巫女（巫女）」引
導，以「新郎新婦（新郎新娘）」、
雙方父母、家人的順序前往「本殿（本
殿）」。

2. 入場 入場

面向「神前（神前）」，右方為新郎
家人、左方為新娘家人，進場後，
「新郎新婦（新郎新娘）」、「仲人（媒
人）」、「神職（神官）」入場。

3. 修祓の儀 修祓之儀

「神職（神官）」誦念「祓詞（祓
詞）」，淨身。

4. 祝詞奏上の儀 祝詞奏上之儀

「祝詞（祝詞）」指的是向神明報告的話。「神職（神官）」向神明報告兩人結婚，並祈求幸福持續到永遠。

5. 三々九度の盃 三三九度之盃

以大中小 3 個盃，「新郎新婦（新郎新娘）」交互飲用「お神酒（神酒）」，夫婦結下永遠之契。「神酒（神酒）」亦有興旺與護身之意。

6. 指輪交換 交換戒指

「神前式（神前式）」中原本沒有的儀式，但因為許多人希望，因此也將這個環節加入。

7. 誓詞奏上 奏上誓詞
<small>せいしそうじょう</small>

「新郎新婦（新郎新娘）」朗讀兩人
<small>しんろうしんぷ</small>
結為夫婦的誓詞。

8. 玉串拝礼 玉串拜禮
<small>たまぐしはいれい</small>

「新郎新婦（新郎新娘）」來到
<small>しんろうしんぷ</small>
「神前（神前）」，捧起「玉串（玉
<small>しんぜん</small>　　　　　　　　　　　　<small>たまぐし</small>
串）」，二鞠躬、二拍手、一鞠躬。

9. 巫女の舞 巫女之舞
<small>みこ　　まい</small>

為祝賀兩人的「門出（新生活）」，
<small>かどで</small>
在「雅楽（雅樂）」的伴奏之下，由
<small>ががく</small>
「巫女（巫女）」獻「舞（舞）」。
<small>みこ</small>　　　　　　　　<small>まい</small>

10. 親族盃の儀 親族盃之儀

象徵兩家結為親戚的儀式。「巫女（巫
女）」為所有的親戚倒「お神酒（神
酒）」，全員起立一起乾杯 3 次。

11.「斎主（齋主）」致詞

「神職（神官）」向神明報告典禮舉
辦完畢，一鞠躬。

12. 退場

以「神職（神官）」、「新郎新婦
（新郎新娘）」、「仲人（媒人）」、
親戚的順序退場。之後在「神殿（神
殿）」前或庭院拍攝合照。

307

喜宴上會有什麼？

ウエディングケーキ ⑦

n. 結婚蛋糕

メニュー ①

n. 菜單

名札 ⓪
なふだ

n. 名牌

受付 ⓪
うけつけ

n. 收禮台

引き出物 ⓪
ひ でもの

n. 結婚回禮

お色直し ④
いろなお

n. 換裝

ブーケ ①

n. 捧花

披露宴 ②
ひろうえん

n. 喜宴

ライスシャワー ④

n. 撒米

キャンドルサービス ⑥

n. 點蠟燭

ケーキ入刀 ④
にゅうとう

n. 切蛋糕

エンゲージリング ⑥

n. 訂婚戒指

シャンパンタワー 6

n. 香檳塔

ウエディングドレス 7

n. 新娘禮服

タキシード 3

n. 燕尾服

バージンロード 5

n. 紅毯

你知道嗎？

和式婚禮要不要交換結婚戒指？

日本傳統的和式婚禮並不需要交換結婚戒指，但是習慣上通常還是會進行，日文裡稱作「**指輪交換の儀**（戒指交換儀式）」。由於這只是西洋傳過來的習慣，和一般天主教的婚禮不同，交換戒指本身並沒有宗教上的涵義。若要結婚的小倆口想要的話，交換戒指也可以移到其他時候進行，甚至乾脆就不辦了也是可以的喔。

神社 神社
じん じゃ

これらは該怎麼說？

神社的樣子

1 拝殿 はいでん 0 n. 拜殿：供來訪者參拜的建築

2 賽銭箱 さいせんばこ 3 n. 賽錢箱：供來訪者投賽錢的箱子

5 石灯籠 いしとうろう 0 n. 石燈籠

4 狛犬 こまいぬ 0 n. 狛犬：神社的守護神

5 参道 さんどう 0 n. 參道：往神社的道路

··· 01 参拝 參拜神社
さんぱい

神社裡會有什麼？

とりい
鳥居 ⓪

n. 鳥居

さいせんばこ
賽銭箱 ③

n. 賽錢箱

ちょうずや
手水舎 ⓪

n. 手水舍

えま
絵馬 ①

n. 繪馬

みけみき
御饌御酒 ⓪

n. 御饌御酒

おみき
御神酒 ⓪

n. 御神酒

しゃでん
社殿 ⓪①

n. 社殿

どうそじん
道祖神 ③

n. 道祖神

しめなわ
注連縄 ⓪

n. 注連繩

みこ
巫女 ①⓪

n. 巫女

すず
鈴 ⓪

n. 鈴

せきぞう
石像 ⓪

n. 石像

<ruby>本殿<rt>ほんでん</rt></ruby> 1 0

n. 本殿

<ruby>玉串<rt>たまぐし</rt></ruby> 2

n. 玉串

<ruby>燈籠<rt>とうろう</rt></ruby> 0

n. 燈籠

<ruby>神主<rt>かんぬし</rt></ruby> 1

n. 神主（祭司）

お<ruby>守<rt>まも</rt></ruby>り 0

n. 御守

<ruby>御神籤<rt>おみくじ</rt></ruby> 0

n. 御神籤

<ruby>御神籤結び処<rt>おみくじむすどころ</rt></ruby> 0

n. 結籤處

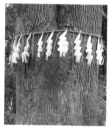

ご<ruby>神木<rt>しんぼく</rt></ruby> 0

n. 神木

<ruby>参道<rt>さんどう</rt></ruby> 0

n. 參道

<ruby>門柱<rt>もんちゅう</rt></ruby> 0

n. 門柱

<ruby>扁額<rt>へんがく</rt></ruby> 0

n. 匾額

<ruby>表門<rt>おもてもん</rt></ruby> 0

n. 正門

<ruby>眷属<rt>けんぞく</rt></ruby>の<ruby>白狐<rt>びゃっこ</rt></ruby>

n. p. 神使白狐

<ruby>提灯<rt>ちょうちん</rt></ruby> 3

n. 提燈

<ruby>絵馬掛所<rt>えまかかけしょ</rt></ruby> 3

n. 掛繪馬處

<ruby>千本鳥居<rt>せんぼんとりい</rt></ruby> 5

n. 千本鳥居

你知道嗎？ ▶▶▶▶▶◀▶▶▶▶▶▶▶▶▶▶▶▶

參拜神社時的規矩

在「鳥居（鳥居）」前一鞠躬。之後，沿著參道的側邊前進，在「（手水舍）」洗淨手和口之後，前往「拜殿（拜殿）」，搖「鈴（鈴）」，投入「賽錢（賽錢）」後敬拜。

● 「手水（手水）」的用法

1. 右手拿著「（柄杓）」汲水，淋於左手洗淨。
2. 柄杓換到左手汲水，淋於右手洗淨。
3. 柄杓再次換到右手汲水，盛水於左手掌中。
4. 以此水漱口。漱口完成後，以柄杓汲水，淋少許於左手。
5. 剩下的水，將柄杓直立起來讓水流下柄杓，再倒扣於原來的位置放好。

● 「參拜（敬拜）」的方式

1. 端正站好，鞠躬兩次。
2. 雙手於胸口的位置拍手兩次。
3. 再次端正站好，鞠躬一次。

這稱為「二拜二拍手一拜（二拜二拍手一拜）」。敬拜結束，沿著「參道（參道）」的側邊而行，穿越「鳥居（鳥居）」，朝著「拜殿（拜殿）」的方向一鞠躬，至此參拜結束。

◆ Tips ◆

「禊」與「祓」

「禊（禊）」：指當身染罪業或汙穢，或是
在神事之前，浸泡於河水或海水中洗淨身體。
一般以在手水舍淨手淨口代替「禊」，之後
可以參拜。

「祓（祓）」：為了將罪業或汙穢、災厄
等不淨從身心中去除，而做的神事・咒術。

••• 02 祭り 祭典

Part10-2-3

日本各地的有名祭典

神田祭（東京）
4

n. 神田祭（東京）

祇園祭（京都）
4

n. 祇園祭（京都）

天神祭（大阪）
5

n. 天神祭（大阪）

ギャル神輿
（大阪）4

n. 女性神輿（大阪）

仙台七夕まつり
（宮城）5

n. 仙台七夕祭（宮城）

ねぶた祭
（青森）4

n. 睡魔祭（青森）

竿燈まつり
（秋田）5

n. 竿燈祭（秋田）

岸和田だんじり
祭（大阪）5

n. 岸和田山車祭
（大阪）

阿波おどり
（徳島）3

n. 阿波舞（徳島）

なまはげ
（秋田）0

n. 生剝鬼節（秋田）

よさこい祭
（高知）5

n. YOSAKOI 夜來祭
（高知）

時代祭
（京都）4

n. 時代祭（京都）

◆ Tips ◆

日本小知識：祭典篇

祭典有各種不同的種類，例如「神事（神事）」、「祭礼（祭禮）」、「都市まつり（都市慶典）」、「年中行事（節慶）」等。被稱為日本三大祭的，有 5 月在「東京」的「神田明神（神田明神神社）」的「神田祭（神田祭）」、6 月的在「大阪」的「天神祭（天神祭）」、7 月在「京都」的「八坂神社（八坂神社）」的「祇園祭（祇園祭）」。祭典基本上是由「氏神（氏神）」所在的「神社（神社）」扛出神明乘坐的「神輿（神輿）」，在「氏子（信徒）」居住的區域遊行，將「氏神（氏神）」的恩惠散布給「氏子」。

神社與煙火大會

　　不少「花火大会（煙火大會）」也會在神社舉辦，和「祭り」不一樣的
　　　はなびたいかい
是煙火大會只有放煙火。日本最有名的三大煙火會是：「秋田県大仙市
　　　　　　　　　　　　　　　　　　　　　　　　　　　あきたけんだいせんし
（秋田縣大仙市）」的「大曲全国花火競技大会（大曲全國煙火競技大
　　　　　　　　　　おおまがりぜんこくはなびきょうぎたいかい
會）」，每年 8 月下旬舉辦。次為「新潟県長岡市（新潟縣長岡市）」
　　　　　　　　　　　　　　　　　　　にいがたけんながおかし
的「長岡まつり大花火大会（長岡祭典大花火大會）」，以多達 2 萬發的
　　ながおか　　　　だいはなびたいかい
焰火與瀑布煙火聞名，在 8 月初旬舉辦。最後是在 10 月初旬舉辦，位於
「茨城県土浦市（茨城縣土浦市）」的「土浦全国花火競技大会（土浦全
　いばらきけんつちうらし　　　　　　　　　　つちうらぜんこくはなびきょうぎたいかい
國花火競技大會）」。

其他有名的煙火大會

<ruby>隅田川<rt>すみだがわ</rt></ruby><ruby>花火<rt>はなび</rt></ruby><ruby>大会<rt>たいかい</rt></ruby>

隅田川焰火大會

東京都

7 月下旬

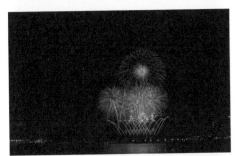

ふじさわ<ruby>江<rt>え</rt></ruby>の<ruby>島<rt>しま</rt></ruby><ruby>花火<rt>はなび</rt></ruby><ruby>大会<rt>たいかい</rt></ruby>

藤澤江之島焰火大會

神奈川縣

10 月下旬

<ruby>教祖祭<rt>きょうそさい</rt></ruby>PL<ruby>花火芸術<rt>はなびげいじゅつ</rt></ruby>

教祖祭 PL 花火藝術

大阪府

8 月 1 日

<ruby>熊野<rt>くまの</rt></ruby><ruby>大<rt>だい</rt></ruby><ruby>花火<rt>はなび</rt></ruby><ruby>大会<rt>たいかい</rt></ruby>

熊野大焰火大會

三重縣

8 月 17 日

♦♦♦ Chapter3

城 城堡
しろ

Part10-3-1

這些應該怎麼說？

城堡外表構造

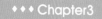 しゃちほこ **鯱** 0 n. 螭吻	くだ むね **降り棟** 3 n. 垂脊	
おにがわら **鬼瓦** 3 n. 獸面瓦	いりもやづくり **入母屋造** 5 n. 歇山式屋頂	
こうばいやね **勾配屋根** 5 n. 傾斜屋頂	こうしまど **格子窓** 4 n. 格子窗	

01 城 城堡
しろ

這些東西的用途是什麼？

鯱 [0] n. 螭吻
しゃちほこ

鯱是會噴水的幻想海獸。頭似虎，背上有銳利尖刺。經常搖擺尾巴。據說有防火的功效，因此兼為裝飾，裝置於城郭等正脊的兩端，以金屬、瓦製成，呈倒立狀。

鬼瓦 [3] n. 獸面瓦
おにがわら

瓦的一種，裝置於屋頂兩端屋脊頭的裝飾瓦。以其鬼面的造型為大家所熟知，有辟邪除災的效果。

勾配屋根 [5] n. 傾斜屋頂
こうばいやね

指蓋屋頂時的角度。

降り棟 [3] n. 垂脊
くだ むね

從屋頂的屋脊兩端，沿著屋頂的流向，往下降的屋脊。

入母屋造 [5] n. 歇山式屋頂
いりもやづくり

屋頂的形式之一。在「（廡殿頂）」之上，再疊上「（懸山頂）」的方式，如此在懸山頂的四方皆有屋簷。在台灣也可見到的建築樣式。

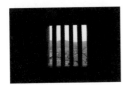

格子窓 [4] n. 格子窗
こうしまど

裝上格柵的窗戶，可以從這裡射擊火繩銃等。

● 「城（城）」的種類

Part10-3-2

やまじろ
山城 0
n. 山城

ひらやまじろ
平山城 3
n. 平山城

ひらじろ
平城 0
n. 平城

● 「石垣（石牆）」的種類

Part10-3-3

のづらづ
野面積み 4
n. 野面積工法

うちこ は
打込み接ぎ 5
n. 植入工法

きりこ は
切込み接ぎ 5
n. 切入工法

● 「天守閣（天守）」的種類

Part10-3-4

どくりつしき
独立式 0
n. 獨立式

ふくごうしき
複合式 0
n. 複合式

れんりつしき
連立式 0
n. 連立式

れんけつしき
連結式 0
n. 連結式

城堡包括什麼設備？

武器棚 ぶきだな ③
n. 武器棚

井戸 いど ①
n. 水井

破風の間 はふま ⓪
n. p. 破風間

石落とし いしお ③
n. 落石口

狹間 さま ②
n. 狹間（砲眼、槍眼、箭眼）

城壁 じょうへき ⓪
n. 城壁

◆ Chapter3
城堡

你知道嗎？

首里城已經五度燒毀

2019 年 10 月 31 日凌晨首里城傳出火警，火勢在中午 11 點左右撲滅，但整座城已都被燒毀。這是首里城歷史上第五次被燒毀，原因眾說紛紜，有人推斷是電線走火。
燒毀之後沒隔多久日本政府就已宣布會支援重建首里城，有一天我們可以看到全新的首里城再度開放。

02 日本の名城 日本名城

● 大阪城 大阪城

Part10-3-6

各地名城

姫路城
（兵庫県）④

n. 姫路城（兵庫縣）

彦根城
（滋賀県）④

n. 彦根城（滋賀縣）

松江城
（島根県）④

n. 松江城（島根縣）

たけだじょうあと
竹田城跡
ひょうごけん
（兵庫県）6

n. 竹田城跡

（兵庫縣）

まつもとじょう
松本 城
ながのけん
（長野県）5

n. 松本城（長野縣）

くまもとじょう
熊本 城
くまもとけん
（熊本県）5

n. 熊本城（熊本縣）

にじょうじょう
二 条 城
きょうとふ
（京都府）4

n. 二条城（京都府）

まつやまじょう
松山 城
えひめけん
（愛媛県）5

n. 松山城（愛媛縣）

こうちじょう
高知城
こうちけん
（高知県）4

n. 高知城（高知縣）

しゅりじょう
首里城
おきなわけん
（沖縄県）3

n. 首里城（沖縄縣）

わかやまじょう
和歌山城
わかやまけん
（和歌山県）5

n. 和歌山城

（和歌山縣）

なごやじょう
名古屋城
あいちけん
（愛知県）4

n. 名古屋城

（愛知縣）

◆ Chapter3
城堡

伝統芸能 傳統藝術
（でん とう げい のう）

Part10-4-1

能樂堂的配置

1 本舞台（ほんぶたい）③ n. 本舞台	**6** 目付柱（めつけばしら）④ n. 目付柱
2 鏡板（かがみいた）④ n. 鏡板	**7** 後座（あとざ）⓪② n. 後座
3 笛柱（ふえばしら）③ n. 笛柱	**8** シテ柱（ばしら）③ n. 仕手柱
4 ワキ柱（ばしら）③ n. 脇柱	**9** 橋掛り（はしがか）③ n. 橋掛（連結通道）
5 白洲梯子（しらすばしご）④ n. 白洲梯子	**10** 揚幕（あげまく）⓪② n. 揚幕

01 能 能劇
のう

Part10-4-2

能劇裡看的到什麼？

髪 ⓪
かつら
n. 假髮

仕舞扇 ④
しまいおうぎ
n. 仕舞扇

装束 ①
しょうぞく
n. 裝束（戲服）

能楽師 ④③
のうがくし
n. 能樂師

軍配 ⓪
ぐんばい
n. 軍配團扇

天狗面 ③
てんぐめん
n. 天狗面具

能面 ⓪
のうめん
n. 能面

狂言 ③
きょうげん
n. 狂言

你知道嗎？

▶▶▶▶▶▶▶▶▶▶▶▶▶

◆ Chapter4 傳統藝術

能劇是什麼？

「**能**（能劇）」是由「**猿楽**（猿樂）」
のう　　　　　　　　さるがく
發展而來的歌舞劇，在「**能舞台**（能舞
のうぶたい
台）」上，由稱為「**シテ**（仕手）」的
演員，載歌載舞的藝術。而「**能**（能劇）」
のう
的特徵，就在於使用稱為「**能面**（能
のうめん
面）」的面具。據說起源於奈良時代自
大陸傳來的民間藝能「**散樂**」。確立的

年代，在西元 1300 年代中葉，發祥地在奈良。集大成者為「**観阿弥**（觀阿彌）」。
かんあみ

「能面（能面具）」大致可以分成六個種類。
のうめん

1. 翁 系 [4] n. 翁系：歷史最悠久的能面，常被用來表現神明。
おきなけい

2. 尉 系 [3] n. 尉系：老人，或是神變成老人的模樣，出現在人世間。
じょうけい

3. 男性系 [5] n. 男性系：男性的主角，依角色設定有非常多的版本。
だんせいけい

4. 女性系 [4] n. 女性系：女性用的能面，依角色設定有非常多的版本。
じょせいけい

5. 怨靈系 [5] n. 怨靈系：無法成佛的武將或亡者，還有因嫉妒而瘋狂的女性等
おんりょうけい

6. 鬼神系 [4] n. 鬼神系：惡靈或是龍神，也會用來表示獅子。
きしんけい

歌舞伎的舞台會有什麼？

① 本舞台 ③ n. 本舞台
ほんぶたい

② 廻り舞台 ④ n. 旋轉舞台
まわ ぶたい

③ 上手 ⓪③ n. 上手（面對舞台右方）
かみて

④ 下手 ⓪③ n. 下手（面對舞台左方）
しもて

⑤ 定式幕 ④ n. 定式幕
じょうしきまく

⑥ 上手揚幕 ④ n. 上手揚幕
かみてあげまく

⑦ セリ ① n.（本舞台上的）升降平台

⑧ 黒御簾 ⓪ n. 黑御簾
くろみす

⑨ 花道 ② n. 花道
はなみち

⑩ スッポン ⓪ n.（花道上的）升降平
台

⑪ 客席 ⓪ n. 觀眾席
きゃくせき

Chapter4
傳統藝術

327

歌舞伎會有什麼？

まねき ③
n. 招牌看板

<ruby>見得<rt>み え</rt></ruby> ②
n. 見得（停格）

<ruby>隈取<rt>くまどり</rt></ruby> ②
n. 隈取（臉譜）

<ruby>女 形<rt>おんながた</rt></ruby> ⓪
n. 女形（男扮女裝）

你知道嗎？ ▶▶▶▶▶▶▶▶▶▶▶▶

歌舞伎是什麼？

「<ruby>歌舞伎<rt>か ぶ き</rt></ruby>（歌舞伎）」，如字面所示，是由歌＝音樂、舞＝舞蹈、伎＝演技此三要素組合而成的藝術。以 1603 年左右，自稱出雲大社巫女的阿國，在京都跳的念佛舞為歌舞伎的起源。因為她的舞蹈與眾不同，而被稱為「**かぶきおどり**」，這便是歌舞伎的起源。坐落於京都四条通與川端通交叉口的南座，西側便設置有出雲的阿國銅像。現代歌舞伎的原型，確立於元祿年間（1688 ～ 1704 年）前後。地點在京阪地區與江戶。集大成者有「<ruby>坂田藤十郎<rt>さかたとうじゅうろう</rt></ruby>」、「<ruby>市川團十郎<rt>いちかわだんじゅうろう</rt></ruby>」等。歌舞伎的基本構成，可以

分類為成年男性「<ruby>立役<rt>たちやく</rt></ruby>」與男性扮演女性的「<ruby>女形<rt>おんながた</rt></ruby>」這兩種角色。按照故事內容，又可以分為敵方、少年等各種不同的角色演出。能夠演出如此多的角色，全靠發揮歌舞伎獨特的化妝效果。

歌舞伎的主要有名劇目

あらごと
荒事 0 2
n. 荒事

かんじんちょう
勧進帳 3 0

n. 勧進帳

れんじし
連獅子 0

n. 連獅子

すけろく
助六 0

n. 助六

Part10-4-7

••• 03 ─ ぶんらく
文楽 文樂 ─

① ぶんらくにんぎょう
文楽人形 0 n. 文樂人偶

② にんぎょう
人形つかい 5 n. 人偶師

文樂還會有什麼？

こくりつぶんらくげきじょう
国立文楽劇場 5
n. 國立文樂劇場

しゃみせん
三味線 0
n. 三味線

たゆう
太夫 1
n. 太夫

♦ Tips ♦

文樂是什麼？

ぶんらく　　　　　　　　　　　　にんぎょうじょうるり
「文楽（文樂）」，別名「人形浄瑠璃（人
形淨琉璃）」，由太夫、三味線、人偶
師這三者合而為一的表演藝術。

ぶんらく　　　　　かた　もの
「文楽」是指「語り物（語物）」的淨
琉璃與人偶劇於江戶時期一體化形成之
表演方式。

おおさか
據說是 1684 年在「大阪」確立。集大

たけもとぎだゆう
成者為「竹本義太夫」。表演方式的構成有擔任「故事講述」的太夫與三味
じょうるり
線演奏的「浄瑠璃（淨琉璃）」為基本。配合演奏，人偶師操縱人偶演出則
稱為人形淨琉璃。

じょうるり　　　　　　　　　　　　　　しゃみせん
而所謂「浄瑠璃（淨琉璃）」，是以「三味線（三味線）」伴奏，講述故事
劇情的表演。

むろまちじだい
三味線在「室町時代」傳入日本，並漸漸出現在淨琉璃的伴奏。

一尊人偶由三人來操縱，據說可以表現出人的心中的感情。太夫是指述說淨
琉璃故事的人。三味線表現劇中的情景與心情。人偶纖細地表現出主角的心
情。

你知道嗎？

三味線是什麼？

「三味線（三味線）」是在室町時代以琉球傳來的「蛇皮線（蛇皮線）」為基礎，加以多處改良，經過約三十年的時間，於安土桃山時代完成，並在江戶時代普及於「民衆（平民）」之間。江戶時代對於音樂有著嚴格的限制，「雅楽（雅樂）」限於「公家（貴族公卿）」，「能楽（能樂）」限於「武家（武士）」之間，「箏曲（箏曲）」只限於「盲人（盲人）」演奏，「尺八（尺八）」只限於「虛無僧（虛無僧）」。而以上皆非的平民能演奏的只有三味線。

温泉 温泉
おん せん

Part10-5-1

這些該怎麼說？

溫泉設備

<table>
<tr><td>① 風呂桶 1 n. 浴桶
ふろおけ</td><td>④ 温泉のお湯 ph. 溫泉水
おんせん　　　ゆ</td></tr>
<tr><td>② タオル 1 n. 毛巾</td><td>⑤ 入浴者 1 n. 入浴者
にゅうよくしゃ</td></tr>
<tr><td>③ 露天風呂 1 n. 露天溫泉
ろてんぶろ</td><td></td></tr>
</table>

溫泉設施裡會有什麼？

だついじょう
脱衣場 1 0
n. 更衣室

だいよくじょう
大浴場 2
n. 大浴場

ろてんぶろ
露天風呂 0
n. 露天溫泉

ジェットバス 3
n. 按摩浴缸

サウナ 1
n. 三溫暖

みずぶろ
水風呂 0
n. 冷水浴

いわぶろ
岩風呂 0
n. 岩石浴池

がんばんよく
岩盤浴 5
n. 岩盤浴

う　　　ゆ
打たせ湯 3
n. 下沖式溫泉

かぞくぶろ
家族風呂 0 4
n. 家庭浴室

あしゆ
足湯 0
n. 足湯

どろゆ
泥湯 0
n. 泥漿溫泉

◆ Chapter5
溫泉

いんせん
飲泉 [0]

n. 可飲用的泉水

おんせんたまご
温泉卵 [6][5]

n. 溫泉蛋

はんしんよく
半身浴 [3]

n. 半身浴

じごくゆ
地獄湯 [0]

n. 地獄湯

かんけつせん
間歇泉 [5]

n. 間歇泉

のれん [0]

n. 門簾

こんよく
混浴 [0]

n. 男女混浴

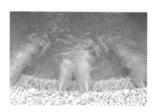

きほうよく
気泡浴

n. 氣泡浴

すなぶろ
砂風呂 [0]

n. 沙浴

慣用語小常識：溫泉篇

湯<ruby>湯<rt>ゆ</rt></ruby>は<ruby>水<rt>みず</rt></ruby>より<ruby>出<rt>い</rt></ruby>でて<ruby>水<rt>みず</rt></ruby>にあらず　「熱水出於水而不只是水」

即便是缺乏才華的人，也能在經過修業之後，成為身負才華的人。

<ruby>湯<rt>ゆ</rt></ruby><ruby>水<rt>みず</rt></ruby>のようにつかう　「像溫泉熱水一樣使用」

比喻把錢浪費在無用的事物上。

Part10-5-3

溫泉的各種標誌

 Japanese Onsen Icon

① おんせん
温泉マーク 5 n. 溫泉標誌

② いわぶろ
岩風呂 0 n. 岩石浴池

③ おとこゆ
男湯 0 3 n. 男用浴場

④ ゆぐち
湯口 1 n. 溫泉湧出口

⑤ ふろおけ
風呂桶 3 n. 浴桶

⑥ ておけ
手桶 0 3 n. 手桶

335

⑦ 柄杓(ひしゃく) n. 0 1 水勺　　⑪ スリッパ 1 2 n. 拖鞋

⑧ シャンプー 1 n. 洗髮精　　⑫ タオル 1 n. 毛巾

⑨ リンス 1 n. 潤絲精　　⑬ 風呂椅子(ふろいす) n. 3 浴椅

⑩ 下駄(げた) 0 n. 木屐

••• 02 ─ 入 浴 泡溫泉
にゅうよく

入浴的方法

「温泉浴(おんせんよく)（溫泉浴）」時，請注意以下的重點。「入浴(にゅうよく)（入浴）」時以連續不超過 10 分鐘的程度，重複數次較佳。「温泉(おんせん)（溫泉）」的溫度以 38 ～ 40℃最適宜，1 次 3 ～ 5 分最好。避免泡到脖子的「全身浴(ぜんしんよく)（全身浴）」，以免給心臟與肺造成負擔。一般認為「半身浴(はんしんよく)（半身浴）」較佳。

還有，入浴前後最好要要先攝取 2 杯左右的水份，浴後注意「湯冷め(ゆざ)（泡完溫泉後著涼）」，「横臥(おうが)（躺臥）」30 ～ 90 分鐘。也要避免在用餐前後立刻泡溫泉。另外要注意的是：飲酒後泡溫泉可能會帶來生命危險，絕對不可這麼做。

♦ Tips ♦

健康的入浴步驟

1. 在進入「浴槽(よくそう)（浴槽）」之前，必須先將身體洗乾淨。
2. 將「泡(あわ)（泡沫）」沖洗乾淨。
3. 首先，由「半身浴(はんしんよく)（半身浴）」開始入浴。
4. 身體溫暖之後，再嘗試浸泡到肩膀。
5. 前往「脱衣場(だついじょう)（更衣室）」之前，以浴巾將身體擦乾。
6. 不建議再沖洗一次身體，因為會將溫泉的效用從身體上沖洗掉。
7. 入浴後 30 分鐘放鬆並補充水分。

ほっかいどう
北海道：
のぼりべつおんせん
登別温泉

北海道：登別溫泉

にいがたけん
新潟県：
えちごゆざわおんせん
越後湯沢温泉

新瀉縣：
越後湯澤溫泉

ぎふけん
岐阜県：
おくひだおんせん
奥飛騨温泉

岐阜縣：奥飛驒溫泉

ぎふけん
岐阜県：
げろおんせん
下呂温泉

岐阜縣：下呂溫泉

ながのけん
長野県：
じごくだにおんせん
地獄谷温泉

長野縣：地獄谷溫泉

とちぎけん
栃木県：
なすおんせん
那須温泉

栃木縣：那須溫泉

かながわけん
神奈川県：
はこねおんせん
箱根温泉

神奈川縣：箱根溫泉

ぐんまけん
群馬県：
くさつおんせん
草津温泉

群馬縣：草津溫泉

しずおかけん
静岡県：
いとうおんせん
伊東温泉

靜岡縣：伊東溫泉

しずおかけん
静岡県：
あたみおんせん
熱海温泉

靜岡縣：熱海溫泉

ひょうごけん
兵庫県：
ありまおんせん
有馬温泉

兵庫縣：有馬溫泉

ひょうごけん
兵庫県：
きのさきおんせん
城之崎温泉

兵庫縣：城之崎溫泉

わかやまけん
和歌山県：
さきのゆおんせん
崎の湯温泉

和歌山縣：
崎之湯溫泉

えひめけん
愛媛県：
どうごおんせん
道後温泉

愛媛縣：道後溫泉

おおいたけん
大分県：
べっぷおんせん
別府温泉

大分縣：別府溫泉

おおいたけん
大分県：
ゆふいんおんせん
湯布院温泉

大分縣：湯布院溫泉

◆Chapter5
溫泉

這些該怎麼說？

相撲會場

1 吊り屋根 [0] n. 懸吊屋頂 （つりやね）		**5** 勝負審判 [4] n. 審判 （しょうぶしんぱん）
2 土俵 [0] n. 土俵 （どひょう）		**6** 控え力士 [4] n. 準備上場的力士 （ひかえりきし）
3 力士 [1][0] n. 力士 （りきし）		**7** 呼び出し [0] n. 呼出，負責叫名與雜務 （よだ）
4 行事 [1][0] n.（行司、行事）裁判 （ぎょうじ）		**8** 行事溜まり [4] n. 行事區（行司區） （ぎょうじた）

⑨ 花道_{はなみち} ② n. 花道，選手到土俵的通道

⑩ 溜席_{たまりせき} ⓪ n. 溜席

⑪ マス席_{せき} ⓪ n. 升席（指定席位）

⑫ 仕切り線_{しきせん} ⓪ n. 仕切線（分隔線）

••• O1 取組_{とりくみ} 相撲比賽

Part10-6-2

相撲還會有什麼？

まわし ⓪
n. 迴（腰帶）

髷_{まげ} ⓪
n. 髮髻

大銀杏_{おおいちょう} ③
n. 大銀杏髮髻

のぼり ⓪
n. 旗幟

徳俵_{とくだわら} ③
n. 徳俵

化粧まわし_{けしょう} ④
n. 裝飾腰帶

行司_{ぎょうじ} ⓪③
n. 行司（裁判）

横綱_{よこづな} ⓪
n. 横綱

塩まき_{しお} ⓪
n. 撒鹽

優勝額 5
ゆうしょうがく

n. 優勝額

相撲部屋 0
すもうべや

n. 相撲部屋

呼出 0
よびだし

n. 呼出

四股 2
しこ

n. 四股

蹲踞 1
そんきょ

n. 蹲踞

勝負審判 4
しょうぶしんぱん

n. 勝負審判

弓取り式 4 0
ゆみとりしき

n. 弓取式

◆ Tips ◆

慣用語小常識：相撲篇

勇み足
いさ あし

「用力過猛」、「得意忘形」

相撲用語，指力士將對手逼到土俵邊緣，卻因收勢不及，以致於腳比對方先踏出土俵之外而落敗。普及民間後成為一般生活用語，用在因太過熱心，以至於言語行動超過限度導致失敗時。

例 心の準備ができていない彼女に、婚約指輪を送ってしまったのは、全くの勇み足だった。
こころ じゅんび　　　　　　　　　かのじょ　　こんやくゆびわ　おく　　　　　　　　　　まった
いさ　あし

給還沒有心理準備的女朋友，送上求婚戒指，只能說是用力過猛。

力士的階級

1. **横綱**〔よこづな〕横綱：地位最高的稱號，零到數人。

2. **大関**〔おおぜき〕大關：地位第二高的稱號，一到數人。

3. **関脇**〔せきわけ〕關脇：東西各一名，最少二人。

4. **小結**〔こむすび〕小結：東西各一名，最少二人。

5. **前頭**〔まえがしら〕前頭：最高階的稱為「**前頭一枚目**〔まえがしらいちまいめ〕」，之下是「**前頭二枚目**〔まえがしらにまいめ〕」，以此類推，也分為東西兩個團體，也就是說「**一枚目**〔いちまいめ〕」和「**二枚目**〔にまいめ〕」都會有兩位。隨著「**小結**〔こむすび〕（小結）」以上的「**力士**〔りきし〕（力士）」人數變動，「**前頭**〔まえがしら〕（前頭）」的人數也會有所不同。

6. **十両**〔じゅうりょう〕十兩：和「**前頭**〔まえがしら〕」一樣分為東西兩個團體，最高階的稱為「**十両一枚目**〔じゅうりょういちまいめ〕」，全部共 28 人。

7. **幕下**〔まくした〕幕下：分為東西兩個團體，全部共 120 人，戰績有望升級的力士稱為「**幕下上位**〔まくしたじょうい〕」。

8. **三段目**〔さんだんめ〕三段目：分為東西兩個團體，全部共 200 人。

9. **序二段**〔じょにだん〕序二段：約 350 名左右。力士數最多的階級。

10. **序ノ口**〔じょのくち〕序之口：月 100 名左右。

現在一年舉辦六次比賽，稱為「**本場所**〔ほんばしょ〕（本場所）」。本場所的「一月場所」、「五月場所」、「九月場所」在東京舉行，「三月場所」在大阪，「七月場所」在名古屋，「十一月場所」在福岡舉辦。除了本場所之外，還會在「**相撲部屋**〔すもうべや〕（相撲部屋練習）」、在地方都市表演等。這些稱為「**巡業**〔じゅんぎょう〕（巡業）」。

● 「取組（相撲比賽）」的規則：

① 取組由「立ち合い（立合）」開始。（立合：雙方力士由仕切線站起瞬間的動作）

② 手部可以使用的只有手掌，拳毆、肘打等是犯規。腳踢也是犯規，頭撞、戳眼或喉嚨等要害、故意抓「髷（髮髻）」的行為等也是犯規。

勝負由以下任一來決定：

1. 兩方任一方的身體在土俵以外著地時
2. 兩方任一方腳底以外的部分著地時
3. 任一方作出犯規行為時

● 相撲的決勝技法

「突_つき出_だし」

以手掌推向對方的胸或臉,將對手
推出俵外的技法。

「寄_よりきり」

正面相對四手交纏的姿勢,以自己
的身體緊貼對手,往前或橫向前
進,將對手推出土俵外的技法。

「浴_あびせ倒_{たお}し」

正面相對雙手交纏的姿勢,以自己
的體重壓在對手身上,將之壓倒的
技法。

サブカルチャー 次文化

這些應該怎麼說？

Part10-7-1

秋葉原街上

① <ruby>秋葉原<rt>あきはばら</rt></ruby> ③ n. 秋葉原

② アニメポスター ④ n. 動漫海報

③ ネコミミ ②⓪ n. 貓耳

④ メイド ⓪① n. 女僕

⑤ パソコンショップ ⑤ n.
個人電腦專賣店

・・・ 01 ─動畫、漫畫、遊戲

Part10-7-2

◆ Chapter7
次文化

動畫的種類

SF 1 ・ファンタジー 0
n. 科幻・魔幻

コメディ 1 ・ギャグ 1
n. 喜劇・搞笑

スポーツ 1 ・競技(きょうぎ) 1
n. 運動・競賽

戦争(せんそう) 0 ・ミリタリー 1
n. 戰爭・軍隊

ロボット 1 2
n. 機器人

歴史(れきし) 0
n. 歷史

ホラー 1 ・サスペンス 1 ・推理(すいり) 1
n. 恐怖・懸疑・推理

ドラマ 1 ・青春(せいしゅん) 0
n. 戲劇・青春

アクション① ・
バトル①
n. 動作 ・ 戦闘

にちじょう
日常 ⓪
n. 日常

れんあい
恋愛 ⓪ ・ ラブコメ ⓪
n. 戀愛 ・ 愛情喜劇

你知道嗎？ ◀ ▶ ▶ ▶ ▶ ▶ ▶ ▶ ▶ ▶ ▶

秋葉原是什麼？

あき は ばら
「秋葉原（秋葉原）」是位於東京都千代田區的一個地區，過去以其大量的家電量販店和電子機器聞名，在各式各樣的電玩遊戲開始席捲日本之後漸漸往娛樂文化發展，現在已是世界上最有名的「アニメ（動畫）」、「マンガ（漫畫）」、「ゲーム（遊戲）」之街，

隨時都可以在街上看到巨大的動漫海報。不過，也因為秋葉原這樣特殊的名聲，街上常常會出現尺度過寬的廣告，因此，如果要帶別人去秋葉原觀光的話最好還是注意一下比較好喔。

常見的用語

◆ Chapter7
次文化

コミケ [1]
n. Comike 同人誌展
售會

自撮り [0]
n. 自拍

フィギュア [1]
n. 人物模型

ロリコン [0]
n. 蘿莉控

フリーマーケット [4]
n. 跳蚤市場

地下アイドル [0]
n. 地下偶像

レイヤー [1]
n. cosplayer 的縮寫，
意指玩變裝遊戲者

カメコ [2]
n. 攝影宅

個撮 [0]
n. 個人攝影會

萌え [0]
n. 萌

BL [0]
n. boy's love

腐女子 [0]
n. 腐女

◆ Tips ◆

次文化小常識：什麼是「ロリコン」？

「ロリコン」一般翻成中文是「蘿莉控」，是「ロリータ・コンプレックス」的略語，起源自一本名為「Lolita」的俄國小說，書中的中年主角愛上了名為「Lolita」的小女孩，「Lolita（ロリータ）」的簡稱「ロリ（蘿莉）」漸漸成為小女孩的代名詞，再衍生出「ロリータ・コンプレックス（蘿莉控」）」這個詞。

雖然「ロリコン」一詞並沒有指定對象是真人，還是創作中的角色，但或許是因為動漫中的女性角色普遍偏幼小，一般而言「蘿莉控」沒有「戀童癖」那麼具指控性，甚至還有不少人會去自稱是「蘿莉控」，但最好還是不要隨便使用這個詞會比較有禮貌。

···02─メイドカフェ 女僕咖啡廳

Part10-7-4

女僕咖啡廳裡會有什麼？

ご主人様 ⓪
しゅじんさま
n. 主人

お嬢様 ②
じょうさま
n. 大小姐

愛込め ③
あいこ
n. 有愛

お帰りなさいませ
かえ
ph. 您回來了

いってらっしゃいませ

ph. 路上小心

ギャルソン喫茶 ①
きっさ

n. 男服務生咖啡廳

オムライス ③

n. 蛋包飯

メイドリフレ ④

n. 女僕區域反射療法
（腳底按摩）

ガイドメイド ④

n. 女僕導覽

ロリ服 ③ ②
ふく

n. 蘿莉服

出禁 ⓪
できん

n. 出禁（禁止出入、
列入黑名單、拉黑）

店外 ③
てんがい

n. 店外

你知道嗎？ ▶▶▶▶▶▶▶▶▶▶▶▶▶

cosplay 和女僕咖啡不同嗎？

按照高雄的「**月読女僕咖啡**」副店長 Orange 的說法，cosplay 和女僕咖啡，有根本的不同。cosplay 屬於宅文化，扮演喜歡的動漫角色，因為成為角色，可以與許多 cosplay 的人一起同樂。而女僕咖啡，是為了療癒在工作或學校感到疲累的人為目的而成立的咖啡店。為了讓客人感覺如回到家般的放鬆，因此，在進到店裡來時，女僕會說「主人，歡迎您回來。」結帳完成離開時，說「主人，路上小心！」就是這個原因。客人不只限於男性，也有不少女性，歡迎大家也來體驗看看。

實境式圖解單字系列！
超過1500張實境圖解，讓生活中的人事時地物成為你的外文老師！

依照學習者的學習需求，量身打造實境式全場景圖解英語單字學習環境，詳細解說容易誤用的單字，並搭配圖解說明，讓學習者真正理解單字的含意，再也不誤用！

定價：399元 ★附MP3

來自法國真實生活，以實地及多年經驗研製，更勝一般憑空想像的模擬學習！從居家到戶外、從飲食到烹飪、從旅遊到購物，食衣住行育樂樣樣全包！

定價：499元 ★附MP3

這些事情，只有潛心研究德國文化、經常往返德國的老師，才能告訴你！不論你是正在學德語、想了解德國文化，或是想去德國旅遊、留遊學的人，這本單字與圖解對照、主題多元、文化知識豐富的教材，正是為你量身訂做！

定價：599元 ★QR碼線上音檔

語言學習 NO.1

學英語

超圖解
秒懂核心英單

學韓語

韓語
文法
精準應用

學日語

我的第一本
日語學習書

第二
外語

專為初學者設計！
自學越南語會話
看完這本就能說！
只要直接套用本書會話模式，
一次學會日常溝通、必背單字與基礎文法！
VIETNAMESE
Conversation

考多益

HACKERS × 國際學村
新制多益
NEW TOEIC
單字大全
Vocabulary
2018起多益更新單字資訊完全掌握！

考日檢

N5-N1
新日檢
文法大全
精選出題頻率最高的考用文法，
一本全包全級數通用！

準確度破表考哪級都可以

考韓檢

NEW
TOPIK II
新韓檢 中高級
全方位拆解中高級考古題試卷

考英檢

全新！NEW
GEPT
全民英檢
中高級 寫作&口說
題庫解析
全新完整模擬試題，反映最新命題趨勢

想獲得最新最快的
語言學習情報嗎？

歡迎加入
國際學村&語研學院粉絲團

台灣廣廈 國際出版集團
Taiwan Mansion International Group

國家圖書館出版品預行編目（CIP）資料

實境式照單全收！圖解日語單字不用背：照片單字全部收錄！全場景1500張
實境圖解，讓生活中的人事時地物成為你的日文老師！/ 小堀和彥著；洪嘉穗
譯.-- 初版.-- 新北市：國際學村，2020.07
面；　公分
ISBN 978-986-454-132-4(平裝)
1.日語 2.詞彙

803.12　　　　　　　　　　　　　　　　　　　109006732

🌐 國際學村

實境式照單全收！圖解日語單字不用背

作　　　者／小堀和彥		編輯中心編輯長／伍峻宏	
翻　　　譯／洪嘉穗		編輯／尹紹仲	
		封面設計／林珈仔‧內頁排版／東豪	
		製版‧印刷‧裝訂／東豪‧弼聖‧明和	

行企研發中心總監／陳冠蒨　　　　整合行銷組／陳宜鈴
媒體公關組／陳柔氼　　　　　　　綜合業務組／何欣穎

發　行　人／江媛珍
法 律 顧 問／第一國際法律事務所 余淑杏律師‧北辰著作權事務所 蕭雄淋律師
出　　　版／國際學村
發　　　行／台灣廣廈有聲圖書有限公司
　　　　　　地址：新北市235中和區中山路二段359巷7號2樓
　　　　　　電話：（886）2-2225-5777‧傳真：（886）2-2225-8052

代理印務‧全球總經銷／知遠文化事業有限公司
　　　　　　地址：新北市222深坑區北深路三段155巷25號5樓
　　　　　　電話：（886）2-2664-8800‧傳真：（886）2-2664-8801
　　　　　　網址：www.booknews.com.tw（博訊書網）
郵 政 劃 撥／劃撥帳號：18836722
　　　　　　劃撥戶名：知遠文化事業有限公司（※單次購書金額未達500元，請另付60元郵資。）

■出版日期：2020年08月
ISBN：978-986-454-132-4